FREIHEIT.

Es
gibt
keine
FREIHEIT!

Versuch einer einfachen Erklärung
der Ichlosigkeit

Jedes Menschen- Wesen kann sich auch sehen als einen Regentropfen der sich hoch oben in den Wolken bildete und der sich auf dem Weg befindet im gerichtet festgelegten Fall (Ort / Zeit / Schicksal), zurück auf die Erde zu. Sein scheinbar individuelles „Leben", geboren/erweckt im Licht des Regenbogens, endet scheinbar mit dem Aufschlagen auf eine beliebige sogenannte Oberfläche dieser Welt. Seine Licht- Energien trennen sich von der Tropfen- Hüllen- Energie, er geht wieder über ins Meer, in die Ozeane, in die „Wasser". Irgendwann steigen seine Energien wieder auf, irgendwann wird er wieder zu irgendeinem Regentropfen, der dann abermals wieder und wieder in Richtung Erdoberfläche fällt. Seine Licht- Energien enthalten Informationen der ewigen Wasser (APSU und TIAMAT).
Es zeigt sich aber kein einzelnes „ich" im Wassertropfen.

Eine gescheite, weitsichtige Auffassung
zu den Mythen lautet :

> *die Mythen stellen das Langzeitgedächtnis der Menschheit dar !*

Hans Joachim
TREPTOW

FREIHEIT.
Es gibt
keine
FREIHEIT !

– weder in dieser Schein- Welt –
– noch in diesem Anomalie- Universum –

Umschlaggestaltung :
Hans Joachim Treptow

Alle Zeichnungen :
Hans Joachim Treptow

Herstellung und Verlag:
BoD - Books on Demand, Norderstedt

ISBN 978-3-7494-8878-0

Inhaltsübersicht

ENUMA ELISH

Tafel - 3 -

MARDUK (Monster unendlich vieler Schrecken) stellt, wenn er gegen TIAMAT antreten soll, sie abschlachten soll, Bedingungen an die obersten der Götter dieser Anomalie :

„Wenn ich euer Rächer werden sollte, dann beruft eine Versammlung ein und verkündet für mich ein erhabenes Schicksal. .... Was immer ich einrichte, darf nicht geändert werden, nicht soll ein Befehl von mir verändert oder aufgehoben werden !"

(Nur die Ruhe, es kommt noch schlimmer !)

Tafel – 4 -

Die Götter, trunken vom Bier und vom Rausch eines möglichen Sieges über TIAMAT bestimmten MARDUK zum Alleinherrscher über das Schein- Universum, über diese Anomalie :

„Von jetzt an soll dein Befehl nicht geändert werden, zu erhöhen und zu erniedrigen steht in deiner Macht. Dein Ausspruch ist verlässlich, deinem Befehl kann nicht widersprochen werden ! Keiner der Götter wird eine von dir gezogene Grenze je überschreiten !".....

(Schwören auf eine „ Führer- Person " ! Hört man nicht ständig in dieser vollkommen kaputten Welt von derartigen Perversionen ?)

Tafel – 5 -

Schnell verändern sich die Energien und die Bedingungen und die Beziehungen zueinander. Doch in der hochnegativen Anomalie des Mordes und des Hasses erfolgt niemals eine Veränderung in Richtung **– Harmonie und Freiheit –** .

Die Götter verneigten sich und sprachen zu ihm, zu MARDUK, zu ihrem jetzigen Herrn :

„Früher, Herr, warst du unser geliebter Sohn, nun bist du unser Lebensretter, unser König, unser Führer !" ....

MARDUK erschafft die Menschen (Tafel –6-) zu Dienern der Götter. Er erschafft sie zu seinem Vergnügen und für seine Experimente ! Er füllt ihre Hüllen nach seinem energetischen Ebenbild auf. Er, der brutalste Mörder, der Herr der „unendlich vielen Schrecken".

– I –
– „frei" und „Freiheit" –
allgemein

„Das Waschbecken ist frei !", rief ihm Cornelia zu. Er zuckte unbewusst leicht zusammen, obwohl es eigentlich keinen Grund dafür gab, schließlich sagte man diesen Satz einfach so dahin, ohne großartig viel darüber nachzudenken. F r e i !

„ Das Waschbecken ist frei ! " Dieser Satz blieb in seinem Kopf kleben und rotierte dann schnell immer weiter und weiter. Frei. Das war ein starker Impuls. FREI ! Warum konnte er nicht einmal sagen.

Plötzlich fing er sich wieder und so rief er scherzend zurück : „Endlich ist es frei, das arme Waschbecken. Endlich ist es frei. Ich freue mich so für das alte, gute und so treue Waschbecken. Da kann man ja richtig neidisch werden ! Frei, so wundervoll frei. Oh Freiheit, oh unauffindbare Freiheit, wo steckst du nur in dieser grausamen, versklavenden, alles unterdrückenden Welt ?"

Dann, nach einer kurzen, reinweg stillen Pause, erschallte ein helles, brausendes Lachen aus dem Badezimmer. Kurz darauf erklang Cornelias Stimme : „Nun mach endlich. Du hast ja selbst am frühen Morgen nur Blödsinn im Kopf !"

(Das Waschbecken war natürlich nicht wirklich frei, es verblieb an seinem Ort, festgeschraubt und gefangen, verbunden mit der Wand. Also bitte keine Panik. Nur die Ruhe! Nur die Ruhe ! Die meisten Waschbecken dieser Welt tragen gar nicht die Idee in sich, frei sein zu wollen, ebenso wie die meisten Dinge und Lebewesen.)

„Frei" und „Freiheit" !

Was bedeutet das eigentlich ?
Schnell werden diese Wörter von schlichten Politikern in den Mund genommen und unbedarft hinaus-
posaunt, ohne dass diese Damen und Herren jemals deren Bedeutung hinterfragen, zumal ja selbst
diese Parteisoldaten ihre eigene „Freiheit" längst
meistbietend verkauften. (Parteidisziplin / Lobbyis-
ten / Machtteilhabe / Geldquellen / Egotrips / dicke
Autos / Fernsehshows / überall „Frei"karten, etc...)

Lese hierzu auch in der Bibel :
Die Weisheit Salomonis :
– An die Tyrannen --

*Habt Gerechtigkeit lieb, ihr Regenten auf
Erden. Denket, dass der Herr helfen kann,
und fürchtet ihn mit ernst. Denn .....*

(Aus den heutigen Bibeln wurde dieser verlässlich
provokante und informative Text längst entfernt.
Warum wohl ?
Siehe somit in die **erste Luther- Bibel von 1545**).

Nur wenn man sich ein wenig intensiver mit dem
kleinen Wort „frei" und der hohlen, abgenutzten,
verschlissenen „Freiheit" beschäftigt, dann wird
einem überaus schnell schlecht.
Man muss erkennen, dass man hier in dieser Welt,
dieser Illusion, ja, in dieser Art eines pervertierten
Universums, dieser Anomalie, in der Falle sitzt.
Es kann danach aber auch Klarheit auftauchen,
bei dem einen oder anderen.
Gibt es irgend etwas oder irgend jemanden auf
diesem Planeten, den man oder was man als „frei"
bezeichnen könnte ?   Nein !
Es ist nichts „Freies" aufzufinden.

Betrachten wir doch einmal die sogenannte Materie, in der wir uns scheinbar befinden. Die Materie ist ja nicht unsere ureigenste Lebensenergie, etwas, was somit Teil von uns wäre. Man kann auch sagen, wir haben uns als Seelen oder auch als den Hauptanteil in dieser Welt, als Nicht- Seelen- Wesen, hier in die Materie, in diese Illusion begeben oder wurden in sie hineingestopft, hineingesogen, um mehr oder meistens weniger geistige Erfahrungen zu machen, machen zu können. Oft steht in den Schriften, der „Mensch" wurde hergestellt, erschaffen, konstruiert, um die Götter anzubeten, um ihnen zu dienen, um ihnen ihre Mühsal (Plagen) abzunehmen.

Wieso litten / leiden „Götter" unter Mühsal, hier in diesem „Zerfalls- Universum" ? ?

Niemals ist etwas erwähnt von „Freiheit" für alle Geschöpfe, für alle Wesen jeglicher Art, in diesem Universum, in dieser Illusion.

(Art = Kunst oder auch künstlich hergestellt. Ein Künstler ist jemand, der etwas Spezielles erzeugt, dass wir als Kunst bezeichnen (Artefakt). Meist außerhalb des normalen Denkens / Suchens).

Wieder einmal nichts von „Freiheit" !

Immer nur die pure, rotierende Sklaverei.

Nichts von Demokratie, es verbleibt ausschließlich und immer nur Diktatur. Schon immer. Und so, wie dieses Universum, diese Anomalie, diese Perversion entstanden ist, wird es immer lediglich Diktatur bleiben. Ebenfalls steht fest, dass es auch jedes Mal schlimmer werden wird. Dies hat damit zu tun, dass es den Göttern sehr schnell langweilig wird mit der erzeugten, modellbereinigten Kreatur „Mensch".

„Freiheit" ist nicht im Programm, nicht im Angebot.

Was sind wir hier in der Materie, in dieser Illusion ?

Wir sind alles mögliche, nur eben nicht „frei".

Das übergestülpte heutige Korsett, die Anhaftung an die Hülle und die „Lebenszeit / Aufenthaltsdauer" der Menschen- Wesen, hier in dieser Welt, dieser Täuschung, dies alles ist sehr schnell und sehr eng geschnürt. Vor der Sintflut (der Säuberung) lag der Zeitfaktor für einen Aufenthalt in dieser Welt um das Zehnfache höher und die Bedingungen waren allemal wesentlich freizügiger.

(Siehe hierzu das Gilgamesch- Epos
und die sumerische Königsliste)

Man kann sagen, dass, sobald man sich in diese spezielle Materie begibt, in dieses anomale Universum der Dualität, man bereits alle „Freiheit", zumindest auf diesem „Blauen Klon- Planeten", umgehend ablegt, besser gesagt, erst gar nicht erhält. Warum sollte man dann freiwillig in diese Materie eintauchen ?

Die **Seelen** tauchen in die Materie ein, um sich geistig in dieser Welt, eigentlich aber in einem echten „Blauen Planeten", zu entwickeln, so lautet ihre mitgegebene Aufgabe. Tauchen sie in diese Welt ein, so sind sie erst einmal schwer verwirrt. Was lief somit alles schief ?

*(Siehe dazu auch **W. A. Mozart / Zauberflöte.***
Mozart stellt klar und deutlich die Trennung
zwischen Seelen und Nicht- Seelen heraus)

Die **Nicht- Seelen** werden in diese Illusion hineingestellt, um in dieser Anomalie schwer entgleisten Energiewesen zu dienen, was die Nicht- Seelen auch bedingungslos machen. Diese verquere Perversion an Schein- Gottheiten nennen sie dann „Gott" oder „Allah", und so weiter. Die Nicht- Seelen- Menschen denken niemals über den **Sinn** ihres Aufenthaltes, hier in dieser Welt, in der sogenannten Materie, der Dualität, nach. Sie haben selbst keinen hohen Begriff von „Freiheit", man kann auch sagen, sie tragen keinen ausgeprägten „Freiheitsdrang", keinen „Befreiungsdrang", aber eben auch keinerlei „Harmonie", in sich. Sie haben diese Impulse nie erhalten, sie wurden in dieser Richtung auch erst gar nicht konditioniert. Trotzdem befinden sich in ihren Hüllen Bruchteile der echten, unverfälschten „Wasser" (APSU und TIAMAT). APSU und TIAMAT allerding wurden, damit diese Anomalie entstehen konnte, eindeutig vergiftet, missbraucht und versklavt. Sie wurden zur Erzeugung dieser Anomalie- Wesen gezwungen, als nun willenloses „Mischwasser".

Wenn man sich einmal ansieht, wie „Freiheit" beschrieben wird in den unterschiedlichen Nachschlagewerken der sich selbst für „hochintelligent Haltenden", dann kann man schon kräftig ins Schmunzeln kommen. Man erkennt sofort eindeutig, wohin die Reise geht, wohin diese Reise manipuliert wird. Die Intelligenz kann mit der „Freiheit" nichts anfangen.

-- F R E I H E I T --

Eine Beschreibung der „**Freiheit**" lautet :

„Unabhängigkeit von äußerem, innerem oder durch Menschen oder Institutionen (Staat, Gesellschaft, Kirche, etc...) bedingtem <u>Zwang.</u> "

Diese Beschreibung erklärt eindeutig, dass es jegliche Art von „Freiheit", hier in dieser Welt, in dieser Illusion in der wir uns befinden, in der Dualität, nicht existiert, niemals existieren kann oder dass sie jemals existieren wird, noch existiert hat.

Die Synonyme für „**Unabhängigkeit**" lauten :

Ungebundenheit, Souveränität, Autonomie,
Gedankenfreiheit *und Eigenständigkeit.*

Interessant ist an dieser Stelle festzuhalten, dass schon vor vielen Jahrzehnten klar war, dass „Gedankenfreiheit" nur möglich ist in vollkommener Unabhängigkeit.   Somit gibt es keine Gedankenfreiheit !

Gibt es auf diesem Täuschungsplaneten, dieser WELT, so etwas wie „Ungebundenheit" oder „Unabhängigkeit" oder vielleicht sogar „Autonomie"? Nein! In keinerlei Macht- Richtung!

Jeder ist an diesen Planeten gebunden, an diese Illusion und selbstverständlich an seinen eigenen Körper, seine sogenannte materielle Hülle, zumindest während seines Aufenthaltes in dieser Illusion, in dieser Welt. Hier in dieser Welt ist nicht die geringste göttliche Energie aufzufinden, auch wenn die „Religionen" das Gegenteil behaupten. Natürlich müssen sie darauf beharren, es ist schließlich ihr Geschäfts- und Unterdrückungsmodell.

Ein kluger buddhistischer Abt sagte einmal nach der Existenz des „Göttlichen" befragt:
„ Unendliche Weiten. Nichts von heilig !"

Echte göttliche Energie existiert hier nicht, kann gar nicht existieren in der Dualität. Selbst wenn man sich entscheidet, von allen Menschen getrennt in der sogenannten „Freiheit der Wildnis" zu leben, egal in welcher Art Wildnis auch immer, hier in dieser Welt (Berlin kann auch eine Wildnis sein), so ist man dann doch an all diese materiellen Gegebenheiten gebunden, ist von ihnen in dieser Illusion zu jeder Sekunde abhängig, anhaftend. Letztendlich ist man abhängig von der Zeit, hier in der Illusion. Die sogenannte Zeit setzt eine deutlich scharfe Grenze, setzt und umschreibt den Rahmen der maximalen Aufenthaltszeitspanne, hier in dieser Welt.
Zeit ist permanenter Zerfall dieser Illusion.
Wer bestimmt aber die Aufenthaltsspanne und den festgelegten Aufenthaltsort?
Was genau die Zeit ist, sei erst einmal dahingestellt und somit auch die Bedeutung für unseren Aufenthalt. Die Seelen oder Nicht- Seelen müssen

die Hüllen verlassen, nach Ablauf eines gewissen Zeitrahmens, ob sie wollen oder nicht, dies ist allerdings eine raffinierte Manipulation der Anomalie. Keiner ist somit unabhängig gegenüber der Willkür der Manipulatoren der Anomalie, kann sich also nicht auf „Ewig" in dieser Illusion aufhalten oder kann gar bestimmen, was mit ihm geschieht oder noch weitergedacht, kann verstärkt Einfluss nehmen auf die Abläufe hier in der Manipulation durch Erkennen und Umkehren der Abläufe der Zerstörung. Es gibt somit auch nicht die geringste „Freiheit" des Aufenthaltsortes in dieser sich stetig selbst zerstörenden, degenerierten Illusion. Allerdings verfügt die Anomalie selbst auch nicht über die für sie so wichtige, echte göttliche „Ewigkeit" !

Wie auch ! Zumal diese Illusion zerfällt !

Die Seele wird in diese Welt geschickt, beziehungsweise wird von ihr eingesogen. Die Nicht- Seelen allerdings sind bereits Teil dieser Anomalie. Nur bei den echten Seelen kann es auch sein, dass sie sich in diese Illusion hinein verirren, beziehungsweise dass sie leider eingefangen werden. Schon bezogen auf diesen Schritt kann man bereits nicht mehr von „Freiheit" sprechen, da die Seelen und Nicht- Seelen in Körper, also in Hüllen eingepflanzt werden, die speziell für den Aufenthalt in dieser Illusion gefertigt werden und die für das Erleben in dieser Illusion notwendig sind. Allerdings tragen diese Hüllen große Einschränkungen des Erlebens und Handelns in sich, da es sich um einfache, man kann auch sagen sehr primitive, reglementierte Hüllen handelt, welche zudem permanent manipulierbar sind. Diese Manipulationen werden auch als Krankheiten bezeichnet (auch Ängste). Sie können in jeglicher Form auftauchen, sowie eingesetzt werden. Das Krankheitsspektrum ist riesengroß und umfasst alle Bereiche der Hülle und des Inhalts.

Wer immer noch an „Freiheit" glaubt, der muss spätestens an dieser Stelle eingestehen, dass sie nicht existieren kann, hier in dieser Illusion, in dieser Unwirklichkeit, dieser disharmonischen „Welt".

Es fragt sich allerdings unweigerlich, ob sie überhaupt existiert, also auch außerhalb der Illusion, in den jeweiligen, ewigen Energien. Echte „Freiheit" ist gar nicht möglich, auch nicht in der „Ewigkeit". Die Ewigkeit ist ja bereits besetzt, und es ist uns nicht möglich zu sagen oder gar zu erraten durch welche Art Energie- Wesen. Sind diese „höheren Wesen" positiv oder etwa negativ eingestimmt ? ?

Stellt man die Frage nach der Herkunft des „Geistes über den Wassern", auch ebenfalls mit „Gott" benannt, welch ein verwirrendes Spiel, so hängt man schon wieder in der Falle. Scheinbar benutzt man die Vokabel „GOTT" für alles und jeden / jedes.

Wer erschuf / wer erdachte, als eine der nächsten Fragen, den „Geist über den Wassern" ?

Wer / was erschuf / erdachte die „Wasser" ?

Wer erschuf den, der den „Geist über den Wassern" und APSU und TIAMAT, die Wasser erschuf ? Und so weiter. Und so weiter......

Es gibt für uns keinen greifbaren Anfang ? ?

Man kann machen was immer man will, es ist kein Anfang festzulegen, und doch existieren eindeutig der „Geist über den Wassern" und die „Wasser", und alle sonstigen Spiele- Varianten. Egal in welche Richtung man auch immer denken möchte, alles ist möglich. Die Verwirrung pur ! Warum nur ? ?

Selbst wenn man einen Anfang bestimmt, dann muss es doch etwas geben, was diesen Anfang ermöglicht. Irgendetwas, irgendeine Energie- Version ! Aber wo nichts ist, was soll es da geben ?

Hinzu kommt, dass diese perfekte „Energie" über ein über-über-hoch-intelligentes Bewusstsein verfügen muss und über ein unendliches vollkommenes Wissen aller erdenklichen Varianten aller Ebenen.

Es existiert aber auch diese Anomalie in der wir uns befinden, diese hochgradig vergiftete Illusion.

Was war geschehen ? Was geschieht ? ?
Was aber ist mit der „Freiheit" !
Auf welcher Ebene existiert die „Freiheit" ?
Wie betrachtet eine „Ewigkeits- Energie" so etwas
wie – Freiheit - ?
Sobald jemand oder etwas agiert, bestimmt er/es
die Vorgaben. Es wird somit permanent reglemen-
tiert und manipuliert, selbst im Unbewussten.

Sobald die Seelen und Nicht- Seelen ihre Körper in
Betrieb genommen haben, unterliegen sie den Gesetzen der Materie, also dieser Illusion, dieser Dualität, dieser Manipulation, verbunden mit den entsprechenden Konditionierungen und dem Zugang zu
bestimmten Wissensquellen, welche den gefange-
nen Wassern entnommen werden. Da sie diese Software und aufgestempelten Gesetze akzeptieren, am
Anfang wissen sie es ja auch noch nicht anders, ist
somit klar, dass „Freiheit" von Beginn an ausgeschlossen ist. Zu diesen manipulierenden Gesetzen
der Illusion kommen dann noch die unterschiedlichen Konditionierungen der Eintrittsorte der jeweiligen Seelen und Nicht- Seelen in diese Schein- Materie, in diese Dunkelheit, zum Tragen.

Jede Seele und jede Nicht- Seele wird in die unterschiedlichsten Orte dieser Welt verbracht. Damit
sind die Bedingungen jedes Einzelnen stets unterschiedlich. Leicht unterschiedliche Körper, unterschiedliche Sprachen und Erziehungen, Konditionierungen, unterschiedliche Eltern und Umgebun-
gen, soziale Verhältnisse und so weiter ... . Ein Fes-
selungsring legt sich um den anderen. Schon aus
diesem Minigefängnis ist kaum ein Entkommen. Es
geht um Anhaftung, um Konditionierung, somit um
immer tiefere Anhaftung, Verflechtung in dieser Illusion. Eine sehr durchdachte, äußerst perfide Manipulation und eine ständige, für alle Menschen- Wesen, unentwegt rotierende Verwirrung.

Alle Gesetze jeglicher Art, in der Materie, sind immer Zwang, da sie mit dem jeweiligen Wirken der einzelnen Seelen/ Nicht- Seelen nicht in Einklang zu bringen sind. Von sogenannten Menschen- Wesen erschaffene Gesetze vertreten sowieso ausschließlich die Interessen der „gesetzgebenden Gruppen".

Die sogenannten Machthaber schreiben sich immer ihre Gesetze so, wie sie diese für sich und ihre Verbrechen benötigen. Doch wer diktiert diese sogenannten weltlichen Gesetze ? Die Steigerung dieser Perversionen sind die sogenannten „Religionen", da sie eine „höhere, göttliche Macht" verantwortlich zeichnen lassen. Es ist klar, dass der Machthaber immer nur Gesetze für sich selbst macht, niemals „zum Wohle des Volkes", trotz vorangegangenem feierlichem Schwur, wörtlich ausschließlich für „sein" Volk zu wirken. Wie gesagt :

„ Mein Staat , mein Volk, meine Macht !"

Man erkennt in den „Schein- Göttern" des ENUMA ELISH, ausschließlich puren Egoismus.

Solidarität und ein Zusammengehörigkeitsgefühl, Harmonie vielleicht, war selbst bei den unrechtmäßigen „Schöpfern" innerhalb dieser Illusion niemals vorhanden und somit niemals vorgesehen.

Schon zu Beginn der Anomalie lautete das einzige Erkennungszeichen dieser irren, machtgeilen allesamt sterblichen / vergänglichen Götter :

„Wer nicht für mich ist, der ist gegen mich !"

Mord war immer die sofortige Reaktion in dieser Anomalie (Kain erschlägt Abel / die Nicht- Seele entledigt sich der Seele). Somit mal wieder keine Veränderung, auch nicht in dieser Welt der eingesetzten Marionetten. Es wird somit radikal klargestellt, dass keine geistige Entwicklung stattfindet.

Dies ist die Basis der gegenseitigen Verkettungen. Dieser Satz und Intrigen, Hass, Mord.

Wo sollen wir die „Freiheit" suchen ?

Wer an Geld und Macht schnuppert, verändert sich sehr rasch zur negativen, anhaftenden Seite. Toleranz fordert man immer nur von der anderen Seite. Für die Machtsysteme selbst spielt Toleranz (Großzügigkeit / Friedlichkeit / Nachsicht) keine Rolle. Besonders weltmachtgeile Religionen kennen keinerlei Toleranz, ja, halten diese sogar für Schwäche, auch wenn sie sie selbstverständlich aus taktischen Gründen von der törichten europäischen Politik permanent fordern.

Alles in diesem Universum, dieser Anomalie, hat immer seinen Preis. Nichts erhält man kostenlos. Frage : „Was ist eigentlich wichtig ?" Die Entscheidung liegt bei jedem einzelnen selbst.

Wenn der Weg sich wieder einmal gabelt, muss man in sich gehen, in sich hineinhorchen, und entscheiden, in vollkommener Eigenverantwortlichkeit.

„Sein oder Nicht- Sein !", ist dann die Frage. Dies bedeutet in diesem Augenblick und jeden weitern Augenblick : „Eingang in die echten göttlichen Energien oder anhaften und zerfallen in der gewissenlosen, grausamen Anomalie. Absturz ins „Nichts" !"

Da wir immer noch nicht wissen, woher wir kommen und wohin wir gehen werden und wir ständig umnebelt werden von Sätzen wie : „Man lebt ja nur einmal in dieser Welt !", beginnen Gedanken aufzutauchen und uns zu quälen, die alles in uns manipulativ Verankerte in Zweifel bringen sollen. Doch in unserer innersten tiefsten Tiefe unseres eigenen Wissens gibt es keinerlei wirklichen Zweifel.

Kann es „ein Leben / eine Freiheit" geben in dieser Welt, in dieser Illusion ?   Nein !

Seelen tauchen ein in die Illusion dieses „Blauen Planeten", um eine mitgebrachte Aufgabe zu erfüllen und diese Aufgabe hat stets mit geistiger Entwicklung zu tun. Inwieweit diese Aufgabe in einer Seele verankert bleibt, hat mit der inneren Stärke jeder einzelnen Seele zu tun und mit der Stärke der einwirkenden, negativen Energien der Erkenntnis-Verdunklungen.

Die Gesetze hier in der Illusion, die scheinbar von sogenannten „Menschen" gemachten Gesetze, streben jeglicher geistigen Entwicklung der Seelen-Menschen stets entgegen, negieren auch das energetische Vorhandensein sämtlicher Naturgeistkräfte, verhindern nötige Schwingungserhöhungen des Planeten und somit aller Lebewesen.

Nicht- Seelen haben eine ganz andere Aufgabe hier in der Welt, sie sind darauf programmiert, alle Seelen- Aktivitäten zu zerstören. Selbstverständlich wissen sie nicht, dass genau dies ihre Aufgabe ist, trotzdem führen sie die Aufgabe fremdgesteuert permanent durch, entsprechend ihrer Konditionierung. Nicht- Seelen negieren allerdings auch, konditioniert zu sein, obwohl dies mehr als offensichtlich ist.

Der gültige Satz : „Dumm geboren und nichts dazugelernt !", ist / war schon immer absolut richtig. Dieser Satz bezieht sich nicht speziell auf diese Welt, er bezieht sich darauf, ob sich die Menschen- Wesen geistig entwickeln, ob sie in Erkenntnis gelangen, während ihres Aufenthaltes in dieser Welt- Illusion. Es geht hier nicht um eine hinterfotzige Bauernschläue oder ein sogenanntes „Schulabitur". Die Kains- Energien in dieser materiellen Welt- Richtung sind eindeutig von keinerlei Belang. Die Kains- Energien sind immer Unterdrücker und Zerstörer, sie suchen keinerlei „Befreiung" und sie wollen niemals einstehen für wirkliche „Freiheit" der Erkenntnis.

„Freiheit" ist somit lediglich eine leere Worthülse, hier in dieser Welt, eingesetzt für die Milliarden Törichten, wie es Buddha beschreibt, für die nicht mehr selbstdenkenden Nicht- Seelen- Hüllen- Wesen. Eine Seele kann man mit den abgenudelten Floskeln von der „Freiheit" nicht täuschen.

Wenn man weiter einsteigt in die einzelnen Bücher der Energie, beginnt man zu begreifen, zu erkennen. Teile der Bibel und hier ausschließlich die „Lehren", führen in die echten göttlichen Energien ein, zum Beispiel die Offenbarungen des Johannes, Teile der

Bergpredigt selbstverständlich, die Weisheiten des Salomonis / An die Tyrannen, ebenso große Teile der Lehrschriften des „Lankavatara- Sutra". Interessant sind auch viele Energien im „Popol- Vuh", Teile der Schriften des Lau- Dse, und nicht zu vergessen, das wundervolle, alles vorher im Dunkel irrende, offenbarende, klare und eindeutige „ENUMA ELISH" (siehe –VII–). So kann man in all diesen Lehren nachlesen, dass die unterschiedlichen, höheren, negativen Energien sehr viel experimentiert haben in der uns doch scheinbar so bekannten, aber doch unbekannten Illusion unserer Welt, ja, in diesem gesamten Schein- Universum, dieser klar eindeutigen Illusion. Wir müssen aber auch feststellen, dass niemals von „Freiheit" die Rede ist. Ganz im Gegenteil. Es werden lediglich Figuren erzeugt, die man dann, nach Lust und Laune, benutzt, manipuliert und austauscht. Letztendlich wegwirft. Neue Figuren werden erschaffen. Und so weiter, und so weiter. Ein nicht enden wollender Blödsinn.

Was soll mit diesem permanenten Austausch der Spielfiguren erreicht werden ?

Die Lehren sind aber nicht nur wörtlich zu lesen, sie sind energisch zu erspüren und einzusaugen. Die Texte sind so zu behandeln, dass sie die entsprechenden Energien in einem selbst öffnen, Energien, die wir schon immer in uns tragen. Wir verstehen wenn wir erkennen, und somit kehrt große Ruhe in uns ein. Eine lang ersehnte Harmonie.

Dass die Beteiligten in dieser Illusion etwas mit „Freiheit" zu tun haben würden, taucht in den Lehren nicht auf. Es werden aber Wege aufgezeigt, sich selbst frei zu machen von Selbstbetrug und Anhaftung. Dies alles ist dann aber klar und deutlich die Leistung eines jeden einzelnen Menschen- Wesens, welche letztlich zur inneren, energetischen „Freiheit" führen wird. Allerdings hat dies nichts mit dieser Welt zu tun, nicht einmal mit diesem Universum, dieser Anomalie, dieser geisteskranken Illusion.

Es wird stets eindeutig beschrieben, dass eine Illusion erstellt wird und dass sie Stück für Stück gefüllt wird mit den unterschiedlichsten Wesen. Nichts und niemand ist in diesen Installationen auch nur für einen Sekundenbruchteil „frei". Wie auch !
Wie kann eine aufgefädelte Marionette „frei" sein ?
Wie kann ein Waschbecken „frei" sein ? (kleiner Scherz am Rande !)
Wieso sollte man in dieser Welt bleiben, wenn man wirklich „frei" wäre ?
„Frei" bedeutet ja auch unabhängig. Wenn eine Seele eintaucht in diese Illusion, dann ist sie nicht frei. Sie unterliegt immer noch den echten göttlichen Energien, muss sich also letztendlich nicht vor den manipulierenden, negativen Energien ängstigen, aber sie ist nicht „frei" von Anhaftung an diese Welt, zumal sie permanent konditioniert wird. Dies muss sie erst selbst erkennen, erarbeiten und verarbeiten und dann in weiteren Schritten überwinden. Die Seele fühlt in sich, dass etwas nicht stimmt in dieser Welt. Sie trägt eine stete Unruhe in ihrem Inneren. In einer „echten Welt" gäbe es geistige Lehrer und Unterstützer, die die Seele leiten und sie zur Harmonie führen, begleiten, einweisen.

Betrachtet man eine einzelne Seele, die gerade eintauchte in diese Welt, in diese scheinbar verdichtete Energie, in die Materie dieses „Blauen Planeten", so muss man feststellen, dass die Seele vollkommen verwirrt ist, da sie mit einem „echten Blauen Planeten" stets Sicherheit und geistige Entwicklung verbindet.

MOZART / ZAUBERFLÖTE -- „Tamino", eine Seele (Königssohn steht für Seele), taucht / steigt ein in diese Welt. Er weiß nicht, wo er sich befindet. Er ist erst einmal, nach dieser „Geburt", orientierungslos, verängstigt und verwirrt. Tamino ist der Bogen ohne Pfeil, zumal er seine Richtung noch nicht erkennt, erkennen kann. Er wird sofort in Empfang genommen von den drei Damen der Königin der Nacht, der Herrscherin der Unterwelt (einer Tochter der Mutter Chubur) einer oberste Manipulatorin in dieser manipulativen Scheinwelt) .... .

Papageno ist eine Nicht- Seele, eine „Kains- Marionette". Er untersteht der Königin der Nacht. Er hat ausschließlich materielle Interessen. Die unterschiede werden mehr als offensichtlich herausgearbeitet.

(siehe hierzu auch -- W.A. Mozart / Die Zauberflöte -- ausschließlich den Urfassungstext – W.A. Mozart und E. Schikaneder (Libretto) versuchen mit der „Zauberflöte" dem Volk, vorbei an mordender Kirchen- und Hofstaatsmacht, ein Geschenk höheren Wissens zu machen. Erhebliche Teile der Bevölkerung verstanden zu Mozarts Zeit noch Texte und Bilder zu interpretieren. Der „Moderne Mensch", heutzutage, verblödet in dieser Richtung immer mehr. Siehe Handys, Digitalverblödung, Totalüberwachung u. -manipulation. Die Schwingung verringert sich). Nur Dummköpfe sprechen von einer „Kinder-Oper"!

Was geschieht mit dieser Seele ?
Die Seele taucht ein in die für sie vorgesehene Hülle. Selbst wenn sie bis zu diesem Zeitpunkt dachte, dass sie als Energie „frei" sei, war dies nie der Fall. Die Seele ist Teil einer höheren, einer, wie man sagt, echten göttlichen Energie, sie ist Teil dieser göttlichen Energie, auf ewig mit ihr verbunden und unter dem ewigen Schutz der göttlichen Energie. Die Seele entstammt dieser göttlichen Energie. Der Körper nicht, der Körper ist weiter nichts als pure Illusion. Die Seele ist wahrlich keine Illusion. Sie hat genau diesen Unterschied zu begreifen und zu verinnerlichen. Sie hat nicht an dieser Materie anzuhaften. Sie hat zu begreifen, dass die Materie lediglich Illusion ist. Hieraus resultiert ihr weiteres Verhalten und ihre weiteren Energie- Entwicklungen in der Materie.

Was bedeutet „Freiheit" hier in dieser Welt, in dieser Illusion der negativen Manipulation ?
Die meisten in ihr wandelnden, sogenannten „Menschen" halten diese Welt immer noch für real, für echt, für existierend. Eines ist aber klar, diese Welt ist weder real noch echt, noch existiert sie. Sie ist eine Täuschung. Buddha erklärt eindeutig, dass alle, die auf die Täuschung reinfallen, als „Törichte" zu bezeichnen sind.
Alle Religionen und Philosophien sind ausnahmslos und immer auf falschen Wegen unterwegs, immer in Richtung „Nichts". Also Vorsicht ! Immer nur selbst denken, nicht von anderen vordenken lassen !

-- F R E I H E I T --

Was steht eigentlich in dem Synonymwörterbüchern, in den Büchern der sinnverwandten Wörter, unter : – F r e i h e i t – ?

Freiheit = Eigenständigkeit, Eigenverantwortlichkeit, Liberalität, Unabhängigkeit, Ungebundenheit, Bewegungsfreiheit, ein Rechtsanspruch, ein Privileg, etc.... (Privileg = Sonderrecht / Ausnahme ! ? !)

frei = autonom, eigenständig, unabhängig, ungebunden, selbstständig, offen, schrankenlos, ungehemmt, transparent, grenzenlos, zwanglos, ungehindert, uneingeschränkt, ungetrübt, unbeeinträchtigt und auch - auf freiem Fuß -.

Freigeben, freisetzen, freigiebig, der Freigeist, freihalten, freimütig, freischaffend, freiwillig, freizügig, etc......

Soviel Sehnsucht nach „Freiheit" gibt es, und doch gibt es keine „Freiheit", gibt es kein einziges „frei", hier in dieser Illusion. Die eigene „Freiheit" setzt immer die „Freiheit" aller anderen voraus. Da dieser Planet „Erde" aber nichts weiter ist als ein übles Gefängnis, zur Zeit kontrolliert und manipuliert von hochnegativen Energie- Wesen, wird „Freiheit" in dieser Illusion nicht zu realisieren sein. (Ein täglicher Blick in die unterschiedlichen Nachrichtenblöcke „Tagesschau", etc... , würde bereits ausreichen, um selbst zu erkennen, wie es um die Vernunft, Freiheit zu gewährleisten, steht). Es ist an der Zeit, dass die sich in ihr befindenden Seelen-Menschen und besonders die Nichtseelen- Menschen, also alles was sich gesamt als „Menschheit" versteht, genau mit dieser Kontroverse auseinandersetzt. Die gewollt zerstrittenen Staaten dieser Welt regieren ausschließlich durch Unmengen Ängste, in der Form von ungerechten Gesetzen, Repressalien, Gewalt, Geldmanipulation und Steuerverbrechen, Rentenverbrechen, Kriege, Nahrungsmangel, sowohl nach innen, als auch nach außen. Dies alles ist natürlich in keiner Weise notwendig. Die hochnegativsten Manipulationen laufen immer über die Religionen, die sich im Konzert der Massenmörder wieder einmal ganz vorn, ganz oben an der Spitze befinden.

„Religionsfreiheit" wird es niemals geben, zumal es keine saubere Definition für jegliche „Religionsfreiheit", oder gar für „Religion" selbst, gibt.

„Religion IS destruction !"

Vielleicht kann man für „Religion" eine Erklärung finden, eine Entlarvung, einen neuen Ansatz im ganz alten Ägypten. Fächert man das Wort „Religion" auf, so ergibt sich auf der einen Seite das Wort „RE", der oberste Sonnengott, welcher letztendlich immer der „MARDUK" ist. Auf der anderen Seite verbleibt das Wort „Ligion", besser bekannt als „Legion". Bei den „Legionen" handelt es sich um die auserwählten

Krieger, Elitesoldaten, hier in dieser Welt. Auf den Punkt gebracht bedeutet das bedeutungsschwere Wort „Religion" dann nichts weiter, als die Bezeichnung für die regulierenden Elitetruppen des „RE", also des Hauptgottes dieser Anomalie „MARDUK", hier in dieser Welt und weit darüber hinaus. Somit die „Welten- Regulierungs- Mörder- Eliten" !

Die Macht- Ausübenden !

Es sind aber eben auch die Regularien, welche die „Götter" hier in dieser Welt festschreiben, um die Menschen sich nicht geistig entwickeln zu lassen. Kontrollmechanismen eben. Jegliche sogenannten technischen Entwicklungen sind letztlich Rückschritte. Wie gesagt, man muss immer bezahlen. Wenn man etwas widersinnig Fortschrittliches erhält, wird einem etwas anderes genommen. Achtsamkeit wäre hier angebracht.   (Es existiert also Humor !)

Dr. Rudolf Steiner beschreibt und eröffnet in seinem Werk „Aus der AKASHA- CHRONIK", dass in jedem Entwicklungsschritt eine vorhergehende Fähigkeit verloren geht, verkümmert.

Egal welchen Ansatz von „Freiheit" man sucht oder anstrebt, er hat sich damit automatisch erledigt. Was immer man auch unternimmt, keiner kann dem Labyrinth entkommen. Diese Welt und dieses Sonnensystem sind durch Tore digital versiegelt.

MARDUK steht für Unterdrückung / Versklavung und permanenten Mord, niemals für „Freiheit". Ebenfalls steht er für Irrsinn.

Die Aufgaben der Seelen und ebenso die Aufgaben der sich langsam umorientieren wollenden Nicht- Seelen liegen aber in der echten göttlichen Harmonie. Alle gemeinsam haben das Gebilde, also diesen Planeten, einschließlich aller sich in ihm befindender Lebewesen, in Harmonie zu halten. Letztendlich geht genau dies weiter bis ins gesamte Universum. Die sogenannte Menschheit ist hier nur ein kleines

Teilchen, ein erzeugtes, experimentelles Teilchen. Man muss sich auch seiner Konditionierung bewusst werden. Es gibt somit keine materiellen „Alien", es ist viel schlimmer, es gibt die sogenannten „göttlichen Energie- Wesen". Dieser gesamte Bezug zu genau diesem Wissen wurde im Menschen immer weiter unterdrückt. Ein wirklich übles Spiel.

Man muss aber auch feststellen, dass die „Menschen- Wesen" sich gern verarschen lassen, in jeglicher Art und Weise. (Politik / Religionen, etc....)

Die Stärke eines jeden einzelnen Menschen- Wesens liegt darin, die Täuschung erkennen zu können. Es muss erkennen, dass dieses Labyrinth, diese Welt, ein riesengroßes Gefängnis ist, eine Experimentierstätte durchgeknallter „Götter". Diese sogenannten Götter allerdings sind ebenfalls endlich, was auch im ENUMA ELISH erklärt wird. Als Gefühlsimpulse tragen wir die Informationen noch in uns, dass dies alles hier nichts mit unserem eigentlichen Leben zu tun hat, auch wenn durch die Hüllen, unseren kleinen Gefängnissen, versucht wird, diesen Zugang zum möglichen Leben, außerhalb dieser Illusion, außerhalb dieser Anomalie, auszuschalten. Erst wenn wir diese Illusion wieder verlassen können, durch Erkennen, durch Verstehen aller Zusammenhänge, gibt es eine Chance. Diese Anomalie ist von jedem Einzelnen eigenständig zu entlarven, es funktioniert nicht kollektiv. (siehe bei „Buddha")

Der Buddhismus ist eine Lehre und keine Religion. Mit Religion wollte Buddha nichts zu tun haben !

Dies ist die einzige Variante der möglichen „Freiheit" für alle Lebewesen dieser Welt, in dieser dualistischen Illusion, in dieser ganz klaren Anomalie. Das „Seelen- Wesen" muss erkennen und verstehen, es muss seinen Betrachtungswinkel verändern, seine Konditionierungen umgehend überwinden. Es muss beginnen nicht mehr anzuhaften, sich nicht mehr täuschen zu lassen, von den sogenannten

10.000 Dingen, welche im „echten Leben" ausserhalb dieser Täuschung, keinerlei Bedeutung haben für eine geistige Entwicklung und somit für die Überwindung dieses Gefängnisses, dieses Labyrinthes, diesem „Nicht- Leben", diesem „Nichts".
Es existiert kein „Leben" in der Illusion.

-- F R E I R A U M --

Synonyme für „Freiraum" sind :

Wohnraum / Abstand / Distanz / Entfernung / Innenraum / Bewegungsfreiheit / Spielraum / Universum / Weite / Areal / Bezirk / Distrikt / Terrain / Zone / Sektor

Gibt es noch „Freiräume" innerhalb des den Globus umschließenden Inter- Spinnen- Fischerei- vollkontrollierenden (Net)-zes ?
Fest steht, dass die Maschen des perversen, sogenannten INTERNET täglich, stündlich, minütlich, den Planeten umfassend, immer enger und enger und immer einschnürender geknotet werden.
Interessant ist hier zu beobachten, dass sich die nachwachsende, die neue, moderne Generation der sogenannten Menschen- Wesen nicht mehr gegen ihre Manipulation wehrt. Sie lassen alles mit sich freiwillig geschehen. Sie selbst halten sich für „frei", gleichzeitig sind sie zu 100% auf ihr Smart-Fon fixiert, zugleich aber von ihrer Umgebung getrennt, rasend schnell auf einen Abgrund zueilend, vollkommen abgetreten, nichts und gar nichts mehr erspürend, registrierend. Sie sind nur noch herumwatschelnde leere Hüllen, die vergaßen umzufallen.
Beispiel :

„Auf meinen Mann kann ich verzichten, auf mein Smart-Fon nicht !", erklärte eine junge Frau, ihre Augen nicht für eine Sekunde vom Mini- Bildschirm ihres sie versklavenden Maschinchens hebend.

Das Dummchen bemerkte nicht einmal, dass es von einem Kamerateam aufgenommen wurde. Die abgetretene Ehefrau hatte längst jede vermeintliche „Freiheit", über die sie allerdings auch vorher nicht nachgedacht hatte, freiwillig verschenkt.

Wie sieht es mit dem „Freiraum" Wohnung aus ?

Wie sieht es mit dem „Freiraum" Stadt aus ?

„Meine Wohnung ist meine Burg !" Ha, ha ! Da machen sich Amazon, google, NSA und Co. ..... aber vor lachen alle Höschen nass. Die kriegen sich gar nicht mehr ein. Keiner dieser Ausschlachter aller intimster Geheimnisse eines jeglichen Menschen, hätte doch jemals auch nur zu träumen gehofft, wie einfach ihr Job sein wird. Die Menschen- Wesen buhlen darum all ihre privaten Informationen zu verschenken. Sie wollen alle gläsern sein, je schneller desto besser.

Ist unsere Wohnung immer noch unser intimster, unberührbarer, gesetzlich geschützter „Freiraum", indem wir uns bewegen können wie wir es wollen, reden können was immer wir wollen ? ?

War die Wohnung denn jemals ein „Freiraum" ?

Eigentlich darf es niemanden etwas angehen, was der jeweilige Bewohner einer Wohnung in seinen Räumlichkeiten veranstaltet, aber darf man sich wirklich noch sicher sein ?

Nein, man darf es nicht.

Wir haben aber immerhin Datenschutz !

Wer schützt meine Daten ? Der Staat ? ? Ha, ha....

Fast alle Menschen geben freiwillig täglich Tausende Daten über sich selbst einfach so heraus, teils unbewusst, teils bei vollem „Bewusstsein".

Immer mehr digitale Geräte werden in die eigenen Wohnungen geschleppt und können von Computerbegabten zu jeder Zeit ausgespäht werden, können ein- und ausgeschaltet werden, ohne dass der „freie

Bürger" irgendetwas davon bemerken würde.

Die Wirtschaft und die Politik manipulieren ebenfalls immer weiter in Richtung hundertprozentiger
„gläserner Bürger", indem sie immer weiter auf die
Forderungen der Wirtschaft und besonders der Banken eingehen, alle Bewegungen des Bürgers selbst
mit seinem Handy zu dokumentieren.

Geldverkehr über das Handy oder den Home- Computer. Kontrolle über alle Bürger pur !

Was macht er, was kauft er, wo befindet er sich zu
jeder Sekunde des Tages. Alle machen freiwillig und
ohne Protest mit ! Besonders die „Jugend" ! Wo
steht die den Bürger schützen sollende Politik ?

Alle Staatsapparate erstellen zu jeder Zeit Profile,
wo sich die einzelnen Bürger aufhalten, was sie
machen, was sie kaufen, mit wem sie sich treffen,
unendlich viele Verknüpfungen, etc..... . Das ist die
pure DIKTATUR, die offene Versklavung.

Wo ist da noch mein „Freiraum" geblieben ? ? ? ?

Es gibt keinen privaten Sektor mehr. Stress pur !

Interessant ist zu sehen, dass die meisten Menschen-Wesen genau dies alles scheinbar nicht stört,
sie sind innerlich vollkommen leer, ausgelaugt.

Wofür dann all diese perversen Exemplare ?

-- F R E I Z E I T --

Synonyme für Freizeit sind :

Feierabend / freie Zeit / Mußestunden / Pausen

Was bedeutet „Freizeit" heute ?
Eher doch so etwas wie Freizeitangebote jeglicher
Art. Shopping- Freizeit ist so eine Variante. Der pure
Stress. Nichts von Erkenntnis oder Regeneration.
Man lässt sich weiter und weiter einspannen und
manipulieren, verdümpelt in Freizeit- Shopping- Ga-
lerien- Kaufhaus- Monstern. Komplett umnebelt, jeglicher „Freizeit" beraubt. Hier erhalten sie scheinbar
Freizeitangebote, die immer weiter wegführen vom
eigentlich notwendigen Nachdenken über die eigene
Entwicklung. Man lässt sich führen und aussaugen.
„Freizeit", die frei-Zeit, sollte eigentlich in den „Freiraum" führen, sollte für den frei-Raum genutzt werden, für eine stressfreie „Sinn"- Hinterfragung.
Alle sprechen von „frei" und „Freiraum" aber keiner
nutzt ihn, wenn er auf einmal auftaucht, noch weiß
man überhaupt, was man damit anfangen soll.
Theater, Kino und Fernsehen sollen eigentlich An-
gebote der Freizeitgestaltung sein. Letztlich stellt
sich heraus, dass sie mit sich selbst nichts anzufangen wissen. Sie bewegen sich allesamt in die falsche Richtung, wurden wahrscheinlich genau aus
diesem Grunde dazu angelegt, zum Einlullen.
Kabarett und Comedy, heute ein Witz ohne Ende.
Allesamt Vasallen der Regierung und des Geldes in
jeglicher Form. Narren auf der Jagd nach Geld,
immer mehr Geld, wie alle anderen Narren auch.
Letztlich Universumsabfall, ohne jemals die Chance auf „Freiheit" in Betracht gezogen zu haben.
Der **Code** des MARDUK steckt in jedem Computer
der Welt. Der Aufbau : $2 \times 2 \times 2 =$ ein Würfel = die
Oortsche Wolke = Gefängnis = Zeichen des Marduk.
Gibt es ein Entkommen ? Oder gar Freiheit ?

Die d i g i t a l e Falle

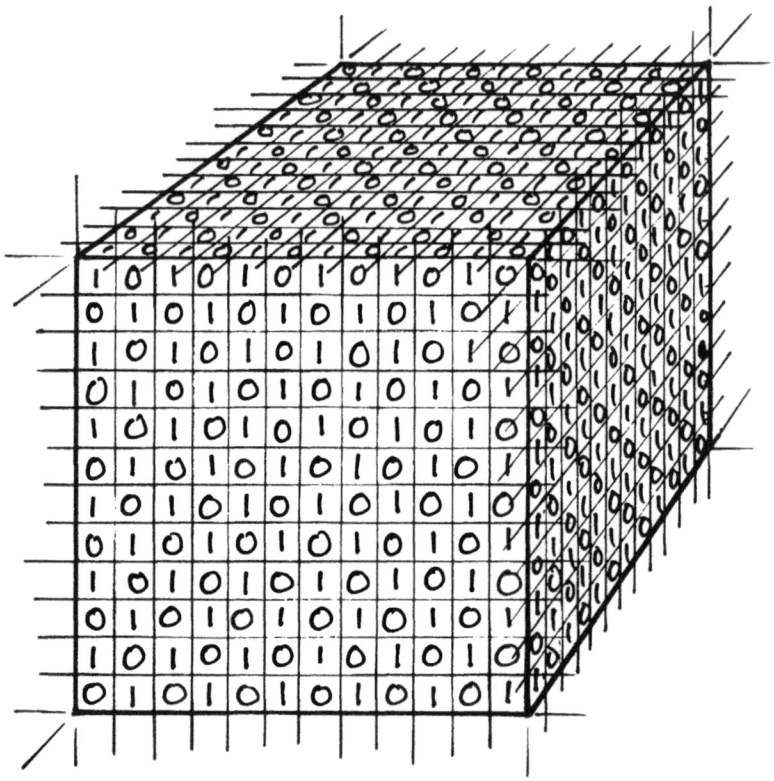

Es ist immer zu hinterfragen, warum gerade etwas
geschieht. Zu welchem Zweck erscheint eine neue,
scheinbar positive Idee, in dieser Welt ?
Wer will, dass sich diese Idee fortpflanzt und größer wird,
vielleicht sogar fieberhaft die ganze Welt umspannt.
Ist diese Idee, dieses scheinbar „Neue", für jeden
Menschen / jedes Tier / jede Pflanze auch gut und
förderlich ?   Oder nicht !
Der „DIGITALE CODE" ist gleichzeitig das Gefängnis
dieser Welt, eine Lockfalle (er trägt scheinbar für jeden
einen Vorteil in sich, obwohl dort nichts ist).
Er ist aber auch das unendliche Labyrinth,
die totale Versklavung, ohne Ausgang !

– II –
„frei" und „Freiheit"
in den „Menschenrechten"

Da gibt es ja noch etwas, das still und ganz schweigsam so vor sich hinstaubt / -stirbt, die sogenannte :

„Allgemeine Erklärung der Menschenrechte".

Diese „Allgemeine Erklärung der Menschenrechte" wurde in der Generalversammlung der Vereinten Nationen in New York, am 10. Dezember 1948, verkündet.   Also erst vor knapp 70 Jahren !!

MENSCHENRECHTE = ca. erst 70 JAHRE !

Oft ist dort das Wort „Freiheit" zu lesen, doch was ist diese sogenannte „Freiheit" heute wert ?
Hat sie überhaupt auch nur den geringsten Wert in dieser Welt des allmachtbeherrschenden Mittels, der allernegativsten Macht- Energie in dieser Welt : dem „G e l d" ?

(Als kleine Anmerkung am Rande muss ich hierzu mit tiefer innereigensten Erschütterung gestehen, dass ich mir die „Menschenrechte" erst im Jahre 2010 zulegte und ich erhielt, zu meinem riesengroßen Erstaunen, eine Erstausgabe von 1990 !
Hieraus resultiert, dass in über **20 Jahren** in ganz Deutschland und allen sonstigen deutschsprachigen Ländern nicht einmal die paar Exemplare der Erstausgabe angefordert wurden. Soviel zu dem riesigen Interesse aller deutschsprachigen Menschen an den sogenannten „Menschenrechten" ! Werden die Menschen- Wesen überhaupt ernst genommen ?)

31

Gleich am Anfang, in der Präambel zur Allgemeinen Erklärung der Menschenrechte, ist zu lesen :

*„Da die Anerkennung der allen Mitgliedern der menschlichen Familie innewohnenden <u>Würde</u> und ihrer gleichen und **unveräußerlichen Rechte die Grundlage der Freiheit**, der Gerechtigkeit und des Friedens in der Welt bildet, ..."*

Wenn dem so ist, wieso wissen dies alles die Diktatoren, Politiker, Kirchenoberen, Manager und Banker, alle selbsternannten „Wissenden" und alle sogenannten Intellektuellen, alle heuchlerischen Schein- Demokraten und Staatsanwälte und alle superklugen sonstigen Studierten, <u>nicht</u> ?

Es ist nicht festzustellen, dass irgendwo auf diesem Planeten des Hasses und der unbremsbaren Gier, die minimalste „FREIHEIT" aufzufinden ist.

Weiter heißt es in der Präambel :

*„ . . . da <u>Verkennung und Missachtung</u> der Menschrechte zu Akten der <u>Barbarei</u> führten, die das Gewissen der Menschheit tief verletzt haben, und da die Schaffung einer Welt, in der den Menschen, **frei** von Furcht und Not, **Redefreiheit und Glaubensfreiheit** zuteil wird, als das höchste Bestreben der Menschheit verkündet worden ist, ..*

Es war schon immer klar und eindeutig, seit Menschengedenken, dass es noch nie auf diesem Täuschungsplaneten der Barbarei und des Mordes und der brutalen, egoistisch machtgeilen, geldgierigen

Unterdrückung, jemals auch nur einen winzigen Hauch von „Freiheit" gegeben hat, und die angesprochenen „Akte der Barbarei" wachsen gerade in der heutigen Zeit, in der „Modernen Zeit" des „Modernen Menschen" rasant an, ja sie sind gar nicht mehr zu stoppen. So wie es scheint, will sie auch keiner stoppen (siehe Islam). Wieso ist das so ? Kain und Abel stehen hier als eindeutige Beweise, einer Einteilung auf diesem Planeten zwischen den Nicht- Seelen (Kain) und den Seelen (Abel). Kain duldet Abel auf diesem Planeten / in diesem Universum, nicht. Ebenso trägt Kain keinerlei Unrechtsbewusstsein in sich, noch trägt er Verantwortungsbewusstsein für alle Lebewesen in sich. Seine inneren Antriebe sind : Gier (Geld) – Hass – Mord – , etc.... .

Kain exekutiert Abel (den Christus *)*

Der dualistische Materialismus entfernt die geistige Entwicklung der Überwindung des Anhaftens aus diesem Schein- Universum, dieser Anomalie.

Wenn man die „Freiheit" betrachtet, dann findet man etwas anderes, etwas, was nicht für die sogenannte, nichtexistente Menschheit Gültigkeit hat, sondern was lediglich und ausschließlich nur für bestimmte einzelne Menschen- Wesen gilt.

„Freiheit" liegt in der Entscheidung, sich für den richtigen „Weg" zu entscheiden. Dies ist die einzige hier in dieser Illusion zu findende „Freiheit", wenn man überhaupt hier von Freiheit reden kann. Es ist aber auch zwingend festzuhalten, dass diese einzig wahre „Freiheit" in keiner Kirche und in keinen sogenannten Religionen zu finden ist. Religionen vernichten immer und überall jegliche „Freiheit".

Leider werden in der „Allgemeinen Erklärung der Menschenrechte" nur die Menschen angesprochen. Ist ja auch klar, es handelt sich schließlich um die „Menschen- Rechte". Wenige Pflichten. Man kann festhalten, dass die Damen und Herren Verfasser doch mit sehr starken Scheuklappen versehen waren, da sie nicht über ihren kleinen Tellerrand hinausblicken konnten, vielleicht wollten. Sie erkannten nicht, dass es hier in dieser Welt nicht immer nur um die Menschen geht. Sie erkannten nicht, dass die Menschheit, als die selbsternannte „Krone der Schöpfung" vor allem eine Verpflichtung hat gegenüber allen sonstigen Wesen jeglicher Art und besonders gegenüber dem Planeten- Wesen „Erde".

„Krone der Schöpfung", ein kolossaler, tatenleerer, aber vollmundiger, blinddummer hohler Ausspruch !

Angeblich haben sich seinerzeit alle Mitgliedsstaaten der Vereinten Nationen verpflichtet, die allgemeine Achtung und Verwirklichung der Menschenrechte und der „Grundfreiheiten" durchzusetzen.

Das bedeutet aber auch, dass „Freiheit" keinesfalls in den Mitgliedsstaaten existiert. Die Machthaber wollen sich nur bemühen. Es bedeutet keinesfalls, dass es ihnen gelingen wird, sich selbst zu überzeugen. Bis einschließlich heute haben es diese Politiker leider nicht geschafft. Wofür brauchen wir dann überhaupt Politiker ? Man muss feststellen, dass die Achtung aller Wesen und ebenso die „Freiheit aller Wesen" mit Füßen getreten wird und dies besonders von allen Geldmachtsystemen. (Regierungen/ Religionen/ Banker/ Handel/ Militär, etc...)

Überall, in allen Gesellschaften dieser Welt, sollten die gemeinsam zu erreichenden Ideale (Hochziele) eingebracht werden, durch Schulunterricht und Erziehung. Ebenfalls sollten alle Staatsorgane, und hier jeder einzelne Angestellte und Beamte, sich die „Erklärung der Menschenrechte" stets vergegenwärtigen. Jeder hat die „Freiheit" hier mitzumachen.

Oder ?

Das ist wirklich voll in die Hose gegangen. Es gibt nicht einen allerkleinsten Flecken auf diesem Planeten, in dieser Illusion, in dem die „Menschenrechte" auch nur einen Furz interessieren, am allerwenigsten in den Geldmachtstaaten, den sogenannten „Demokratien" (den brutalsten Sklaven-Systemen).

Menschenrechte sind schön,
muss mal in der Türkei / Syrien, ... gucken gehen.
(gilt aber selbstverständlich auch immer, seit
ewigen Zeiten, für alle Welt- Staaten ! Und den
Menschen- Wesen war es schon immer
vollkommen scheißegal ! Hauptsache morden !)

Der Artikel -1- bringt es an den Tag :
„Freiheit", ...

„Alle Menschen sind „frei" und ..... "

Man sollte den Damen und Herren Textverfassern nicht zu nahe treten, aber entweder waren sie doch wohl schwer naiv oder sie hatten allerschwerste geistige Schwierigkeiten. Gerade in den USA hätten sie täglich erkennen können, ja sogar stündlich, dass dort kein Mensch, der aus einer bestimmten Schicht stammt, auch nur eine Sekunde seines Lebens „frei" ist und das in einem angeblich „freien" Land, der Lieben und der Guten, die ihre Waffen mit „Peacemaker" benennen" ! Perversion pur !
This only is the American way off live ! !

Heute ist es wesentlich gerechter in den USA und der übrigen Staaten dieser Welt. Alle Menschen sind gleichermaßen unfrei. Digitaler Überwachungswahn hat oberste Hochkonjunktur (China, etc..). Diese Überwachung wird mal wieder, wie immer, voll und ganz von denen bezahlt, die sich überwachen lassen. Soviel zur Diskussion über den sogenannten „mündigen Bürger" und über „vernunftbegabt" !
Geht es noch einfältiger ? ? ?
Wieso gibt es in sogenannten „Demokratien" niemals „mündige Bürger" an der Spitze ? ?

Ebenso hätten die Damen und Herren, wenn nicht vollständig von geistiger Blindheit geschlagen, erkennen können, dass es keine „Freiheit" auf diesem Planeten gibt, noch jemals geben wird. Nicht mit den zur Zeit herrschenden politischen Varianten. Somit niemals in dieser Welt !

Und sofort geht es weiter mit dem
Artikel -2-
„Dem Verbot der Diskriminierung"

„Jeder Mensch hat Anspruch auf die in dieser Erklärung verkündeten Rechte und **Freiheiten,** *ohne irgendeine Unterscheidung, wie . . . "*

Jeder Mensch hat Anspruch auf alles, aber dann kommt immer wieder der dicke fette Hammer, das große : „A b e r !".
Von Amerika sagte man früher, es sei „Das Land der unbegrenzten Möglichkeiten". In Wirklichkeit ist Amerika aber **„Das Land der unmöglichen Begrenztheiten".** Es gibt kein Land auf der Welt, dass seine Bevölkerung mehr bespitzelt als Amerika. Aber keine Angst, alle anderen Länder der Welt versuchen Amerika einzuholen, ja viele versuchen es jetzt schon zu überholen. (siehe :   China, Russland, „Mutti"- Deutschland, etc..., der Rest der Welt, plus einer hinzukommenden Doppelversklavung von über sieben Milliarden Menschen- Wesen durch die Geld- Versklavung. Lohn- und Renteneinschränkung in Unter- und Mittelschicht. Perversion pur !) Aber, alle machen immer mit ! Wenn in diesem System irgend jemand die verzweifelte „Freiheit" findet, bitte umgehend melden ! Danke.
Übrigens, wenn man Ansprüche auf Rechte und Freiheiten hat, wo kann man die dann anfordern ?

36

Der Artikel -3- wird noch skurriler.
„Recht auf Leben und Freiheit"

„Jeder Mensch hat das Recht auf Leben, Freiheit und Sicherheit der Person. "

Das Ganze muss man sich auf der Zunge zergehen lassen und dann einen Blick auf unsere abgeschotteten Regierungen riskieren. Wachstum steht über allem, der einzelne Mensch ist doch nur einen Dreck wert, wird überall zum 100 % igen Sklaven. Flughäfen, wachsender Lärm und Umweltverseuchung und Verschmutzung alle Ozeane und Gewässer jeglicher Art gehen überall als Sieger hervor. Sie stehen weit vor allen Lebewesen. Ebenso stehen sie weit vor jeglicher Gesundheit und harmonisch notwendiger Nachtruhe, und so weiter.... . Und die Tiere ? Und die Bäume und alle anderen Pflanzen ? ?

Geld, Geld, Geld ! GELD regiert die Welt und nicht zu vergessen, die fressgierige geifernde Gier dieser schmierigen, vom Geld und Blut der Gemeinschaft schmarotzenden Macht- Typen jeglicher Art. Sie sind dumm ohne Ende, denn wenn sie sterben, können sie nichts mitnehmen.   Ihr Leben war sinnlos !

„Das Geld gehört eigentlich der Gemeinschaft !" Eigentlich ! !

Heißt es nicht auch – EIGENTUM verpflichtet !
Natürlich hat jeder Mensch ein Recht auf Leben, auf Freiheit und auf viel Sicherheit. Aber selbstverständlich ! Aber klar doch ! Da sind alle dafür. Aber, mein Gott, man kann auch nicht immer alles haben. Wenn einem etwas nicht passt, dann kann man ja auch klagen und vor Gericht ziehen. Na also, geht doch ! Die Gerichtsverfahren werden dann eben auf ein paar hundert Jahre ausgedehnt, wie so ein unendliches Kaugummi. Hauptsache ist doch, dass die

Gerechtigkeit siegt. Die lieben Politiker sind doch immer auf der Seite des Volkes. Es ist immer alles nur „Zum Wohle des Volkes !" (das schwören sie immer !) Oder etwa nicht ? Eher nicht ! Nun ja !

So geht „repräsentative DEMOKRATIE" !
(repräsentative = stellvertretende / typische)

Was ist, wenn die hier auf diesem Planeten lebenden Lebewesen ihre uralten Rechte auf „Freiheit" anfordern, wenn sie gar auf ihre Rechte bestehen ?
„Freiheit", also Stress-Freiheit, Freiheit auf saubere Luft, Freiheit auf sauberes Wasser, Freiheit auf unverfälschte, niemals genmanipulierte, saubere Lebensmittel. Nacht- Freiheit auf Ruhe und Stille.
Was ist dann los hier auf der Erde des Mordes, der Macht, des klebrigen, korrupten Geldes, der Atomkraftwerke, der Chemiewerke, der Autoindustrie, der Waffenproduzenten, der Religionsmordkonzerne und all der Mitverdiener und miteinander verfilzten sonstigen Killerorganisationen ?
Wie sieht es dann aus mit der „Freiheit" ?
Wie sieht es aus mit der Sicherheit jeder einzelnen Person, wenn jemand den Mund aufmacht und die „Freiheit" auch wirklich einmal anfordert ? (in dem guten China, im lieben Russland, im ausgeglichenen Amerika, in Israel, in der BRD oder in den zurückgebliebenen Religionsstaaten, etc.... ? ? ?)
Der Mensch erhält augenblicklich die „Freiheit" von seiner Körperlichkeit, hier in der Illusion, zurück. Der Fachbegriff dieser „Freiheitsbeschenkung" heißt in der ganzen Welt „Mord" !
Wer das Maul aufmacht, der wird, egal wo in dieser Schein- Welt, immer entsorgt !
Regt das den „Rest" der guten Menschen- Wesen auf ? Nein ! Niemals !
(unter vorgehaltener Hand wird ganz leise gesagt : „Das hätte er doch wissen müssen !")
Ich bin dann mal so F R E I.

Der Artikel -4- ist besonders pervers.
„Verbot der Sklaverei und des Sklavenhandels"

*„Niemand darf . . . . . , Sklaverei und Sklavenhandel sind in **allen Formen** verboten. "*

Die moderne Art der Sklaverei ist der lohnabhängige, der geldabhängige Mensch, besonders der „Leiharbeiter / Niedriglohnsektor" und sonstiger schwerer Betrug. Geld ist immer das Gegenteil von „Freiheit". Es gibt kein perfideres Mittel der verdeckten Sklaverei als die Brechung und Fesselung der Menschen- Wesen durch Geld. Alle sonstigen Möglichkeiten der Sklaverei sind gegen diese Variante lediglich primitive Kinkerlitzchen.

Man nennt diese Art der Sklaverei nicht beim Namen, aber trotzdem ist es perverseste Sklaverei. Der „freie" Arbeitsmarkt ? Die einen haben die Produktionsmittel, alle Fabriken, etc... . Die anderen besitzen nichts. Wo genau an dieser Stelle finden wir „frei" ? Die Politiker nennen diese Variante „Zeitarbeiterfirmen" und „Niedriglohnsektor". Es ist aber im Sinne des Artikel – 4 - die pure Versklavung. Lohngerechtigkeit findet an keiner Stelle statt. Hier sind ebenfalls die Artikel : -5- , -7- , -8- , -12- , -17- , -19- , -20- , -22- -23- , -24- , -25- , -27- , -28- , -29- zu nennen und mit einzubeziehen.

Sklaverei und Vernichtung sind von allen Politikern der Welt gewollt. Sie sind dumm, sie glauben wahrlich, sich selbst dadurch mit auf die Geld- Macht- Seite retten zu können. Keine Chance, die Geld- Menschen wollen keinen Politiker- Sklaven- Dreck in ihren Reihen. Politiker denken hier sehr kurzsichtig.

Politiker, Kirchen und Konzerne haben eine Pflicht gegenüber der Gesellschaft, aber auch gegenüber der Natur und dem Planeten und allen anderen Lebewesen und sonstigen Wesen hier in dieser Welt.

„Eigentum verpflichtet" für die „Freiheit" und das Wohlbefinden aller zu sorgen. Je höher jemand in der Hierarchie der Gesellschaft steht, desto größer ist seine Verantwortung und Harmoniepflicht gegenüber der „Freiheit" der gesamten Gesellschaft. Dies alles wissen die Politiker schon lange nicht mehr, sie haben alle Schranken des Anstandes überwunden, sie haben zu viel mit ihren eigenen Schwarzgeldkonten zu tun, mit der finanziell super profitablen Lobbyarbeit und mit dem Ausverkauf und der vollständigen Zerstörung der Welt, und der kompletten Brechung und Demütigung der Gesellschaften, „ihren Völkern", ihren Milliarden dummen, gehorsamen Sklaven- Menschen- Wesen.

Sprache entlarvt die Systeme.
– der Diktator / die Diktatorin begrüßt sein / ihr
  Volk !   (das Volk ist ihr Eigentum ???)
– der Diktator sagt von sich, er sei ein blitzsaube-
  rer „Demokrat". Diese Aussage wird von allen
  anderen Diktatoren auch bestätigt.
– in der Partei herrscht Parteidisziplin. Wie auf
  dem Kasernenhof. Weit und breit nichts von
  „Demokratie" oder „Freiheit der Meinung". Dies
  ist jeglicher Tot für Fantasien und Entwicklung.
– Diktatur ist immer der Weg rückwärts, der Weg
  in die falsche Richtung. Das dumme, unmündi-
  ge Volk macht aber trotzdem mit.   Wie immer.
Aber warum ist das so ?
(siehe – VII - ENUMA ELISH)

Die Menschen- Wesen der sogenannten unteren Schichten, zu denen auch immer mehr die sogenannte Mittelschicht zuzuzählen ist, sie verkleben in ihren sich immer weiter und schneller verhärtenden „Ringen"   –   Geburtsort / Familie / Kindheitsbeziehungen / Konditionierungen / besagende Schulbildungs- Konditionierung und Lehre, Studium, Auslandsaufenthalte / Körpersäfte- Chemie / Familiengründung / Geld, Geld, Geld und nochmals Geld / es werden immer mehr Ringe die enger u. enger werden / Jahresringe kommen hinzu / Körperzerfall und langsam kommt auch die Einsichten, dass alles nur ein großer Fake war / die eigenen Kinder sind längs weit weg, tragen ihre eigenen hundertfachen Ringe erdrückend mit sich herum. Ein nicht enden wollender Kreislauf. Ein nicht enden wollendes Labyrinth, eine Falle, einem Hamsterrad ähnlich, ...

Hurra ! Hurra ! Hurra ! Was für eine tolle Welt der „Freiheit". Oder ? ?

„Freiheit" ist bei den Politikern und Geld- Macht-Menschen nur eine Angelegenheit des Geldes und gutes Geld schafft das dumme Volk in nichtversiegenden Mengen für sie heran. Die sogenannten Mächtigen halten sich für Königinnen oder Könige, aber auf keinen Fall für die „Ersten Diener" des Gemeinwesens. Verantwortung negieren sie. Sie haften auch nicht für ihre immensen Fehler jeglicher Art. Sie lassen das Volk haften. Leider sind die Völker, besondern die sogenannten „demokratischen" Völker so dumm, dass sie sich die permanente Verarschung „von oben" gefallen lassen.
Die Mentalität der „Mächtigen" ist ausschließlich eine Killermentalität, aber niemals eine Fürsorgliche (mütterliche ! / väterliche !). Was auch nicht erwartet wird, zu keiner Zeit. Es geht aber um ein sachliches Betrachten klarer Positionierungen.
Hieraus resultiert : „Macht ist immer nur Egoismus und Selbstsucht !"

Der Artikel -12- zeigt es deutlich.
Freiheitssphäre des Einzelnen

„Niemand darf willkürlichen Eingriffen in sein Privatleben, Familie, Heim, Briefwechsel, etc... ausgesetzt werden."

Die Daten, die seit einigen Jahren über jedes einzelne Menschen- Wesen und auch bereits über die
sonstigen Planetenmitbewohner, so sie nicht schon
vollständig ausgerottet sind, die Tiere etc..., erhoben
werden, lassen keinerlei „Freiheitssphäre" mehr zu.
Gerade heute werden die sogenannten „Freiheiten" des Einzelnen voll auf NULL beengt. Die Menschen lassen es sich gefallen, wehren sich nicht. Die
Staaten wissen alles über jeden einzelnen Bürger,
ebenso die Banken, die jeden einzelnen Menschen
ungestraft finanziell klassifizieren, ihn als Geldwert-
Ware einstufen. Auch werden die Menschen als
„Humankapital" bezeichnet, als Karteigegenstände,
die man benutzt oder selbstverständlich auch wegwirft, schließlich befinden wir uns in einer Wegwerf-
gesellschaft. Die „Würde" des Menschen gibt es
schon lange nicht mehr, ja, man kann es sagen, hat
es noch nie gegeben. Somit kann auch ohne Zweifel
die „Freiheitssphäre" komplett gestrichen werden.
Sie war nie vorhanden und wird niemals mehr existieren. Die Jugend protestiert auch nicht mehr, ganz
im Gegenteil, schmeißt ihre allerprivatesten Daten
einfach so ins Killer- Inter- Net(z). Es sei denn, die
Völker stehen endlich auf, werden wach, erklären
den „Mächtigen" deutlich, wer die wirkliche Macht
im Staat hat.   Oder ? (Wer lacht da so laut ? !)
Warum wird das niemals funktionieren ?
Wer steuert die Menschen- Wesen in dieser Welt ?
Eines ist deutlich und glasklar, wie die Amerikaner
immer so gern sagen, die Menschen- Wesen selbst
sind es nicht, die all diese, den Planeten und die
Umwelt zerstörende Technik steuern. Die Men-
schen- Wesen sind nur Spielzeug.

Der Artikel -13- ist ebenfalls unrealistisch „Freizügigkeit und Auswanderungsfreiheit."

„Recht auf *Freizügigkeit* und *freie* Wahl des Wohnsitzes."

„Freie Wahl" bedeutet hier, in dieser Welt des alles diktierenden Geldes, automatisch, über ausreichend finanzielle Mittel zu verfügen, ansonsten ist es mal wieder mit jeglicher „Freiheit" noch vor dem Startbeginn zu Ende.

Die Freiheit ist und bleibt, hier in der Illusion, eine sehr teure Angelegenheit und zu Ende gedacht, gibt es sie dann letztlich doch nicht, da sich auch alle anderen Lebewesen in dieser Illusion befinden, somit die sogenannte „Freiheit", gewollt oder ungewollt, ständig eingeschränkt wird, für jeden, von jedem. Das ist doch schon einmal ein positiver Lichtblick. „Freiheit" für niemanden !

Wieso glaubt irgendein Mensch in dieser Welt, dass er das Recht hat, andere Menschen einsperren zu dürfen, bevormunden zu dürfen, sich als kleiner Herrscher aufzuführen ?

Wenn ein Mensch einem anderen Menschen die Freiheit nimmt, ihn einschließt, dann wird der einsperrende Verbrecher später gefangengenommen, vor Gericht gestellt, verurteilt und für lange Zeit weggeschlossen. Unternimmt ein sogenannter Staat die identische Aktion mit vielen Millionen Menschen-Wesen (Nord- Korea / DDR / Kuba, UdSSR, etc.....), tötet sogar noch Tausende, Millionen Menschen-Wesen, die dieser Hölle entkommen wollen, dann geschieht den verantwortlichen Verbrechern, den allerhöchsten „Demokraten" / Killern, in dieser zauberhaften Welt, gar nichts.

Wieso ist das so ?

Sie beziehen sich auf die Gesetze, die sie sich vorher selbst schreiben, die sie sich selbst ungestraft gönnen. Praktisch ! Sehr praktisch !

Ist das nicht merkwürdig, wie einfach die ganze, schöne, ekelhafte Perversion funktioniert ?

Wieso glauben diese Macht- Leute, allen anderen Menschen ihre „Freiheit" nehmen zu dürfen, einschränken zu dürfen, vernichten zu dürfen ?

Es klapp immer, da das „Volk" nicht aufbegehrt ! Sollte es aufbegehren, so ist es in sich nicht stabil, es ist immer noch in der Konditionierung, gehorchen zu müssen.

Was ist da vollkommen kaputt in den Gehirnen dieser Milliarden marionettenhafter Menschen ?

Man muss natürlich auch die Frage stellen :

„Wieso machen diese Millionen, ja diese Milliarden Menschen- Wesen diese, ihre Gefangennahme und ihre Bevormundung ohne Widerstand mit ?

Wieso stehen sie nicht einfach auf und greifen sich diese paar Macht- Opas und Macht- Omas ?"

Welche höhere Energie hat sie alle im Griff ?

Der Artikel – 16-
(ist für Seelen- Menschen nicht von Belang.)

„Freiheit der Eheschließung"

„Die Ehe darf nur auf Grund der freien und vollen Willenseinigung der zukünftigen Ehegatten. . . "

Seelen treten in diese Illusion, in diese Welt ein, um sich ausschließlich geistig zu entwickeln, ihre mitgebrachten Aufgaben zu erfüllen. Eine Ehe, wieso auch immer, ist somit faktisch nicht notwendig und auch nicht vorgesehen. Ist tatsächlich eigentlich irrelevant. Komplett unsinnig dazu. Trotzdem greift ab und zu die Konditionierung und ganz speziell die Chemie der Hülle eine zeitlang ins Geschehen ein.

Hier, in dieser Illusion, wurde aber mit Geschlechterteilung gearbeitet und schwer manipuliert, alles

44

wurde weiter und weiter portioniert, allerdings nicht von Seiten der echten göttlichen Energien. Eine Geschlechterteilung gehört zur chaotischen, satanischen Täuschungsenergie. Aber selbst dort wird noch stark manipuliert, dies ist nur möglich, da auch an der „Chemie" der Hüllen perverse Veränderungen vorgenommen wurden. Ebenfalls veränderte man die Zerfallsgeschwindigkeit der Hüllen und deren korrekte 100%igeReproduktion der Zellen in einem bestimmten Zeitrhythmus.

Die Hüllen der Menschen- Wesen werden ständig verändert. Vor vielen Jahrtausenden hatte die Menschen- Hüllen eine Lebensdauer von weit über 1000 (Tausend) Jahren. Doch je mehr die Menschen die Hintergründe ihrer Erschaffung verstanden, desto weniger verehrten sie ihre sogenannten „Schöpfer-Götter". Nach der Sintflut (Vernichtung der damals bestehenden Hüllen (Körper)) und Entwurf einer neuen Hüllen- Generation, also die des heutigen „Menschen", damit verbunden Regulierung einiger Parameter, fiel die maximale Erhaltungsdauer der Hüllen auf 100 Jahre (Hundert) zurück. Wurde also drastisch auf nur noch 10 % reduziert).

(siehe auch : Gilgamesch Epos und das Popol Vuh der Maya)

Doch selbst in dieser, der modernen, heutigen Variante kommt es nicht zur erwünschten „Götter-Verehrung". Die Schein- Götter selbst kommen immer noch nicht mit den „Wassern" zurecht.

Die Antwort liegt in den Mischwassern. Es existiert zwar eine starke Vergiftung der Wasser, aber die Ursprungs- Wasser der Harmonie (APSU u. TIAMAT) greifen immer noch in die Hüllen ein, ja ins ganze Schein- Universum, also in die ganze Anomalie. Die Schein- Götter bekommen dieses Zerfalls- Universum niemals unter Kontrolle. Wie auch ?

Die echte Ur-Harmonie, verankert in den echten Wassern, ist auch der Sehnsuchtsort unserer „Freiheits- Suche" hier in der Anomalie !

Der Artikel -18-
stellt Freiheiten in Aussicht,
die niemals existieren werden.

„ .... Gedankenfreiheit, Gewissensfreiheit
und Religionsfreiheit, ... "

Da ist sie schon wieder, die Falle. Die Falle „Freiheit". Sobald die Seele in diese Illusion eintaucht,
unterliegt sie der Konditionierung durch die in der
Materie vorherrschenden Energien. Da sich die
Seele ab jetzt in einer negativen Täuschung befin-
det, sind die Chancen, den Manipulationen zu entkommen ziemlich gering. Die Falle verstärkt sich
auch ständig, da sich die Anzahl der Nicht- Seelen-
Menschen rapide vergrößert und die aller sonstigen
Wesen, die ebenfalls der Nicht- Seelen- Welt entstammen.
Wer produziert all die Menschen- Hüllen ?   Die
Menschen- Wesen selbst würden es mit normalen
Geburtenraten niemals bewerkstelligen können.
Da das Gehirn für diese Illusion verändert wurde,
kann man im weitesten Sinne nicht von „Gedankenfreiheit" sprechen, zumal die Konditionierung durch
Nicht- Seelen- Eltern, Schule und im weitesten die
Umwelt, unentwegt auf die Seele einprasseln. Man
muss schon ganz schön stark sein, um dies alles
nicht in sich eindringen zu lassen und um einen klaren Kopf zu behalten, den richtigen Weg zu finden,
nicht zwischenzeitlich anzuhaften. Die Aufgabe des
Seelen- Menschen muss ebenfalls stets aktiv sein
und sie darf nicht nachlassen.
Damit ist die „Gedankenfreiheit" abgehakt, wenn
da nicht noch die Frage im Raum stehen bleiben
würde : „Woher kommen die Gedanken und wer hat
sie für uns vorbereitet und vorsortiert ?"
(Wir kennen dies von unseren Nachrichten. Alles
wird vorsortiert und uns dann als Einheitsbrei, gut
manipuliert vorgesetzt.   Guten Appetit !)

So wie bei allem in dieser Täuschung ist es uns nicht möglich hinter die Abläufe zu schauen. Für die meisten Menschen- Wesen, die Nicht- Seelen, ist das alles sowieso egal, aber für die Verbleibenden, die Seelen, ist dies eben nicht der Fall.

Wieso habe ich Gedanken und wieso träume ich? Gedankenfreiheit ist nicht möglich, da niemals geklärt wurde, was das eigentlich ist, ein Gedanke.

„Religionsfreiheit" hat es noch nie gegeben. Versuchen Sie doch einfach einmal als Mohammedaner, aus dem Islam auszutreten oder, um den Proporz zu wahren, als orthodoxer Jude aus der jüdischen Gemeinschaft auszutreten, als Jugendlicher. Bei den Juden überleben Sie das gerade noch, werden aber von den Eltern für tot erklärt und rituell beerdigt. Ob sie das auch überleben würden im Islam? Eher nicht.

Das war es dann mit der „Religionsfreiheit".

Religionsfreiheit würde aber auch bedeuten, dass Kinder überhaupt erst mit Religion in Verbindung treten dürften, ab ihrer Volljährigkeit, vorher darf es keinerlei Zwang geben. Man beachte das Wörtchen „Freiheit". „Religions- FREIHEIT"! Es setzt voraus, dass ich meine „Religion", wenn ich überhaupt etwas mit Religion zu tun haben will, selbst bestimmen darf. „ F R E I H E I T ! "

Noch vor ein paar Jahrhunderten wurden die Menschen zu Millionen und Abermillionen augenblicklich erschlagen und zerstückelt, wenn sie nicht katholisch werden wollten, und das natürlich nicht nur in Mittel- und Südamerika. Der Islam ist da identisch, wenn nicht noch Hundertmal brutaler, perverser.

Das ist also die wundervolle **Religionsfreiheit**?

Wie viele christliche Kirchen gibt es eigentlich in Arabien, zumal doch die sogenannten Islamisten in Deutschland und allen anderen Ländern in Europa und der Welt immer so auf ihre Religionsfreiheit pochen, obwohl sie ihren eigenen Kindern die gute „Religionsfreiheit" gar nicht zugestehen ? Ja nun, sie pochen ja eben auch nur auf ihre Freiheit ! Alle anderen sind ja „ungläubig". Erstaunlich, dass sich Europa diese Frechheit gefallen lässt, zumal der Islam ja keine echte Religion ist, da gekoppelt als Staatsform. Siehe mittlerer Osten, etc..... .

„ Von Arabien bis China, über Indien, Indonesien und Russland hat der ISLAM immer und überall auf der Grundlage des Koran versucht, Religion, Ideologie und Politik zu vereinen. ... "
(Nacer Khemir / Verlag St. Gabriel / 1995)

Einseitigkeit ist nicht geeignet, eine göttliche Weltharmonie zu erzeugen. Der Islam ist ja nicht alternativlos. Selbstverständlich ist der Islam in seiner ganzen Form vollkommen überflüssig.

Toleranz ist allerdings auch keine Einbahnstraße ! Wie erklärt man das Fanatikern, die ausschließlich morden wollen ? Wo bleibt die „Freiheit" ? (besonders die Religions- Eigenwahl- Freiheit ? ?)
Die europäischen Politiker sollten allerdings ins Grübeln kommen, wenn sich in einer sogenannten „Religion" unterschwellig die stets blutbrodelnden Weltalleinherrschaftsgelüste ausbreiten. Diese „Religion" somit sich selbst schon längst nicht mehr nur als Religion sieht, ja, sich selbst noch nie als „nur Religion" gesehen hat. Wie verträgt sich eine unterdrückende und mordende „Staats- Religion mit Religionsfreiheit ? (Bedenke auch : Spanien / Granada von 711 bis 1614, also locker 900 Jahre / ebenfalls standen Teile Frankreichs unter Islamischer Eroberung). Heute breitet sich der Islam wieder über Europa aus. Also Vorsicht, Europa !

Geschichte ist schön, muss nur mal wieder gelesen werden. Und selbst nachdenken nicht vergessen, auch wenn man nur Politiker ist !

„Gewissensfreiheit" steht auch nicht hoch im Kurs. Man wird augenblicklich getötet, nur weil man nicht töten möchte. Unterstützung durch die Kirchen ist gleich NULL. Die Kirchen haben auch vieles andere zu tun, sie segnen, für gutes Geld, die Bomben und alle sonstigen Mordwerkzeuge, sowohl auf der einen als auch auf der anderen Seite. (eben stets eine Win- Win- Situation). Wie gesagt, ein Bombenge- schäft. Wenn dann noch ein Bombenwetter hinzu- kommt, hat die ganze Familie ihren Spaß.
„Freiheit des Mordens" und des totalen Zerstörens ist eben auch eine Art „Freiheit" und allemal für die Religionen, die Politik und die Waffenhändler und Mörder eine lukrative Variante. Scheiß auf die Men- schen- Wesen, die da nicht mitspielen wollen.
„Gewissensfreiheit" ist somit auch gestorben.

Selbstverständlich dürfen die „Menschen" eine so- genannte eigene „Überzeugung / Meinung" haben, schließlich gehört dies im Augenblick noch zu den sogenannten „Menschenrechten" ! Die Mensch- We- sen haben selbstverständlich die wundervolle „Frei- heit", eine eigene Überzeugung zu haben. Klug ist es aber auch hier, diese Überzeugung stets unter Verschluss zu halten, denn es gilt immer mehr der uralte chinesische Satz in dieser Welt, besonders jetzt im Nahen Osten (und überall sonst in dieser wundervollen Welt der Harmonie) :

„Wer die Wahrheit sagt, der braucht ein schnelles Pferd !"

(heute natürlich ein lichtschnelles Raumschiff !)
Die kluge Empfehlung mit den schnellen Pferden, das wussten die Chinesen bereits vor achttausend

oder sogar zehntausend Jahren ! Allerdings nützt
dies alles auch nicht besonders viel, wenn die
Mörder- Fürsten schnellere Pferde haben.
(geklaut vom Volk. Wie immer.)

Der <u>Artikel –19–</u>
ist besonders in sogenannten „Demokratien"
beliebt,
wird aber fast nicht genutzt.

„. . . . . hat das Recht auf freie
Meinungsäußerung, ... und
Verbreitung der eigenen Meinung. "

Das muss man erst einmal überleben. In der russi-
schen „Putin- Demokratie" oder in der islamischen
„Erdogan- Diktatur" überlebt es jedenfalls keiner.
Nun muss man aber der Fairness halber hinzufügen,
dass die Überlebenschance, sobald man die eigene
Meinung verkündet, hier in dieser Welt, überall sehr
gering ist, eher auf NULL zugeht. Aus diesem Grunde haben sich die meisten Journalisten von Anfang
an entschlossen, stets den Mund zu halten. Alles,
was die Regierungskillerorganisationen nicht lesen
oder nicht hören wollen, wird auch nicht geschrieben, noch wird es im Fernsehen gesendet. Schon
gar nicht im Fernsehen, dem weltweit allergrößten
Verdummungsmedium. Alles, wie immer in dieser
Welt, in fester Geld- Mafia- Hand. Versteht sich !
Geld bestimmt den Informationsfluss !

Auffallend ist hier, dass es für Massenverblödung
immer Sendezeit gibt, ohne Ende. Aber versuchen
sie mal, eine neue Idee im Fernsehen unterzubrin-
gen. Keine Chance ! Der Deckname für diesen Zir-
kus heißt „öffentlich- rechtlich" und „Bildungsfernse-
hen". Neue, positive, voranbringende Ideen, z. B.:

für echte „Autarke Städte", ohne Individualverkehr ! Hierfür Sendezeit zu erhalten ist aussichtslos.

Reichen sie ein derartiges Konzept ein, erhalten sie nicht einmal eine Antwort von den unter Geld- Macht- Diktat stehenden „öffentlich- rechtlichen- Sendern".

Das Ergebnis kompletter, brutaler Einschüchterung nennt man auf der ganzen Welt die f r e i h e i tliche „Demokratie". Hier, die von Machtmenschen / Geld- menschen, allseits beliebte, „repräsentative (dikta- torische) Demokratie". (auch hier erkennen wir wie- der den starken Einfluss des Gottes „RE", also des ewigen Alleinherrschers MARDUK.

„Präsent" ist ein Geschenk, aber für wen ? Präsentabel bedeutet ansehnlich und vorzeigbar. Wer wird hier beschenkt ?

Es werden ein paar Menschen- Wesen mit „Macht" beschenkt, die dann augenblicklich konditioniert werden alle anderen Menschen- Wesen zu beherr- schen und zu versklaven. Die Bevölkerung selbst hat nie etwas Positives zu erwarten von dieser „De- mokratie- Lüge" ! Interessant an dieser Stelle ist auch das Wort „Präservativ". Es bezeichnet eine Hülle, die übergestülpt wird, bevor man dann gefickt wird. Passt 100%ig zu allen Demokratien in dieser machtgeilen, korrupten, disharmonischen Welt !)

Präservativ ist immer gut, man kann dann später nicht mehr nachweisen, wer einen da gefickt hat !

Die „repräsentative Demokratie" ist die Variante, bei der das **Wahl- Vieh** an die **Urne** tritt, alle vier / fünf Jahre und sein Stimmrecht / sein **Mitbestim- mungsrecht** etc., komplett **abgibt**. Das Ergebnis ist die vollständige Parteien- Diktatur. Parteien- Dikta- turen sind aber das Gegenteil von „Demokratie" !

Wie gestaltet sich der Aufbau einer sogenannten „Demokratischen Partei" ? Sehen Sie, jetzt dämmert es Ihnen aber auch wirklich einmal. Alle sogenann- ten demokratischen Parteien sind ausschließlich und immer Hierarchien. Weit und breit ist da nichts von Demokratie. Wollen die Machtgeilen an der Spitze, die Führer_innen auch gar nicht. Überall versammeln sich da nur Partei- Soldaten, alles ausschließliche „JA- Sager", die zu nichts anderem Nutze sind, denn den Arsch ihres Führers / oder ihrer Führerin zu küssen (müssen sie ? Eher nicht !). Man nennt sie auch die Scheißefresse. Denn man weiß ja seit Jahren, dass nur wichtig ist, was bei Politikern „hinten" herauskommt. Ekelhaft! Das ist bei denen die pure gelebte „Freiheit"?

Nur wirklich ganz geistesarme Nicht- Seelen- Menschen- Exemplare glauben stur ernsthaft, dass es so etwas wie „Demokratie" geben könnte, sie plappern dann so wirklich Schwachsinniges, wie : „Die Demokratie ist immer noch die Beste aller Regierungsformen."
    Für wen ? ?
Diese Törichten sind allerdings die ganz schwerkranken Exemplare. Heilungsaussichten bei den meisten dieser Menschen- Wesen, eher bei null.
    Nun gäbe es allerdings wesentlich bessere Möglichkeiten des weltweiten Zusammenlebens, aber diese sind, besonders von den Machtgeilen und Geldgeilen nicht erwünscht und das Volk gehorcht immer brav, wie geschichtlich nachlesbar. Scheint auch nicht anders zu gehen. An dieser Stelle wird wieder auf die Konditionierung aller Wesen hingewiesen. Die Programmierung der Menschen- Roboter- Wesen ist so eingestellt, dass sie immer der Macht gehorchen, und ist das Ganze auch noch so blöd. Wie gesagt, sie gehorchen immer. Die Masse der Menschen- Wesen sind nicht organisiert und sie haben sich an die Versklavung so gewöhnt, dass sie an ihre eigene „Macht" nicht glauben.
    Damit können wir die „freie Meinung" auch voll und ganz in die legendäre Schrott- Tonne rutschen lassen, ja, einfach hineinschmeißen.

Der Artikel -20-
gilt in Demokratien nicht.
„Versammlungsfreiheit . . . . ."

„ . . Recht auf Versammlungsfreiheit zu friedlichen Zwecken. "

Das ist ein Menschenrecht, die sogenannte Versammlungsfreiheit. Allerdings nur zu friedlichen Zwecken. Eine wirklich perfekte Einschränkung. Was ein „friedlicher Zweck" ist bestimmt das Machtsystem, also die sich gerade an der Macht befindenden Soziopathen (Deckname : Politiker ! Siehe hierzu China, Russland, Türkei, USA, BRD, Nord-Korea und den Rest dieser Welt).
Kleines Beispiel – die Banker zerstören die Welt aus Habgier. Die von der Regierung betrogenen Bürger, da sie den Schaden den die Banker hochkriminell anrichteten, mal wieder bezahlen sollen (wieso auch immer !), wollen sich friedlich versammeln, um auf den schweren Betrug hinzuweisen. Sie werden vertrieben von der Politik, die eigentlich zum „Wohle des Volkes" eingesetzt wurde und auch vom Volk bezahlt wird.
An dieser Stelle wird es wirklich interessant. Die Politik schickt die Polizei. Die Polizei knüppelt die friedliche Bevölkerung, die immer noch im Recht ist, nieder. Die Bevölkerung bezahlt die Polizei, die perverser Weise die Banker schützt. Die Polizei schützt die Schwerverbrecher. Die Polizisten gehören finanziell betrachtet (und auch sonst), zur Bevölkerung, und nicht zur Geld- Macht- Betrüger- Elite. Oder ??
Warum verprügeln die Polizisten die Bevölkerung ?
Warum verprügeln die Polizisten nicht die Banker, also die wirklichen Verbrecher ? ? Das wäre dann erstmalig in dieser Welt gelebte „DEMOKRATIE".
Ist es nicht die Aufgabe der Polizei, die Schwerverbrecher dingfest zu machen, nach Weisung der Staatsanwaltschaft ? Wo hat sich an dieser Stelle

die „freie Staatsanwaltschaft" versteckt ?
Scheinbar bezahlen die Banker viel besser und haben die besseren Schwarzgeldkontenargumente in Richtung der korrupten Politik. Nun gehören diese „oberen" Herrschaften allerdings auch alle zum gleichen Stallgeruch.   Geld stinkt also doch !
Doch wieso lässt sich die Polizei derart tölpelhaft missbrauchen und verarschen ?
Wann zeigt die Polizei endlich Rückgrat ?
Wo versteckt sich hier die Versammlungs- Freiheit?

Wer diese Abwege erklären kann, ohne sich gleichzeitig während seines Erklärungsversuches tot zu kotzen, verdient einen riesengroßen dicken Nobel-Preis !!! (egal welchen !)

Der Artikel -23-
ist gerade heute hochinteressant.

„Recht auf Arbeit und gleichen Lohn, Koalitionsfreiheit"
„. . . Recht auf Arbeit, auf freie Berufswahl, auf gleichen Lohn, der ihm und seiner Familie eine der Menschenwürde entsprechende Existenz sichert . . . ."

 Koalitionsfreiheit : das Grundrecht, zur Wahrung und Förderung der Arbeits- und Wirtschaftsbedingungen, Vereinigungen zu bilden.

„Freiheit" bedeutet auch Stressfreiheit, hier besonders auf die Familie bezogen, zweifellos aber auch auf jeden einzelnen Menschen bezogen, in dieser ganzen Welt. Geld ist ausreichend vorhanden, nur mit der gerechten Verteilung hapert es noch gewaltig. Es gibt einfach zu viele dreckige Verbrecher in den sogenannten oberen Führungsetagen, zu viel gieriges Geld- Macht- Soziopathen- Gesindel.

Es war schon immer so, dass diejenigen, welche ihre Hände am Geld haben, sich auch kräftig bedienen. Alle Politiker müssen schnellstens von den Geldtöpfen entfernt werden. Politik hat auch eigentlich nichts mit der Hand auf dem Geld zu tun. Politiker sollen sich um die Harmonie im Staat kümmern, sonst nichts.

Merkwürdigerweise ist für perverse Kriege und Waffen immer Geld da! Immer! Immer sehr viel.

Die Verfilzungen in den oberen Etagen sind viel zu intensiv, seit Jahrtausenden. Oder Jahrmillionen?

Der Satz: „Gegen die da oben kann man nichts machen!", hatte früher eine andere Bedeutung. Die da oben, dass waren / sind die „Götter", somit keine Menschen. Es folgt dann auch oft noch der Satz: „Die führen sich auf wie die kleinen Götter!"

Es sind die „Götter", die da ihr perverses Spiel treiben, die hier ihre Marionetten tanzen lassen, vollkommen geschützt.

Beispiel: Interessant und merkwürdig zugleich ist, dass seinerzeit auf Hitler über 42 Attentate ausgeführt wurden. Kein einziges Attentat gelang letztendlich. Wie war das möglich?? Wer steuerte da?

Ein einziger Schuss und Stalin, Putin, Erdogan, etc. wäre ausradiert. Niemand schoss. Warum? Welche Energie- Wesen manipulieren in dieser Welt?

Und die heutigen Diktatoren? Sie machen alle was sie wollen. Niemand kümmert sich darum, alles wird schweigend hingenommen vom sogenannten aufgeklärten, modernen Volk des einundzwanzigsten Jahrhunderts. Alle mit „Smartfon". Voll cool! Wer wird später einmal sagen: „Die haben doch alle immer alles gewusst, und doch haben sie allesamt mitgemacht. Sie haben diesen Planeten zerstört und niemand hat die Verbrecher gestoppt!"

In Wirklichkeit befinden wir uns immer noch in der Steinzeit, aber super eben, mit Smartfon, Haargel, Tattoos und sonstigem Scheiß für Doofe.
Eine unendliche Ansammlung von Vollidioten, ohne die minimalste Energie für „Freiheit" in sich. Wann beginnen sie in die Stille zu treten und nachzudenken ?
Wann beginnen sie sich zu fragen : „Was ist für die Welt- Harmonie wichtig und was ist unwichtig !" ?
All diese Abläufe sind doch keine Zufälle.
Alles ist Teil eines sehr, sehr üblen Spiels.
Warum spielen alle Menschen- Wesen immer mit ?

Der Artikel -27-
ist hochinteressant,
zumal er in der heutigen Politik ausgespart wird.

„Freiheit *des Kulturlebens*"
„Jeder Mensch hat das Recht, am kulturellen Leben der Gemeinschaft *frei* teilzunehmen, ..."

Gerade das Kulturleben wird von den sogenannten Mächtigen heikel gesehen, ja ängstlich eingeengt und bekämpft. Demokratie ist ein äußerst dehnbarer Begriff und lässt sich leicht über jede Art heutiger, perfidester Diktatur stülpen.
Und alle freuen sich.
Sobald die Kunst und die Kultur kritisch die Volksangestellten (die sogenannten Politiker) des Volkes (des Souveräns) betrachtet, entschuldigen sich die Politiker nicht etwa beim Volk und geloben Besserung für ihr ständiges Fehlverhalten. Nein, sie demütigen das Volk weiter und weiter. Merkwürdigerweise lässt sich das Volk all dies gefallen, als würde es sich bei ihm um eine riesengroße Ansammlung von Idioten handeln, dabei hat doch das Volk die Macht

und nicht etwa die Handvoll Volksangestellte, zumal diese doch auch noch schworen, zum „Wohle des Volkes", ihres Souveräns, tätig zu sein, ja ehemals selbst Teil des Volkes waren. Zu erkennen ist hier, dass das „Menschen- Wesen" ein hervorragender Verdränger ist, und ein Ängste- Bestücktes.

Doch da ist ja noch die Konditionierung.

Wer konditioniert all die Menschen- Wesen, benebelt / beeinträchtigt ihre Sinne, ihr Erkenntnisvermögen?

Selbstverständlich die Hersteller selbst, die Schöpfer- Götter dieser Illusion. Gibt es Götter?

Welch eine verkehrte Welt, diese kleine unscheinbare Illusion einer Erde, dieser Mini- Furz im Weltall.

Hat das Volk etwa die Möglichkeit, seine unfähigen und korrupten Politiker zu „feuern"?

Nein! (Stopp! In den USA eigentlich ja, aber es macht keiner!)   Wieso?   Es ist wie immer!

GELD regiert die Welt und jeder hat seinen Preis!

Müssen die Politiker, die Angestellten des Volkes, stets Rechenschaft ablegen über ihre Arbeit und den Einsatz des Volks- Geldes?

Nein, niemals!

Müssen sie Quittungen vorlegen für die herausgeschleuderten Gelder und ihre Verwendungszwecke? Nein, niemals!

Warum müssen das diese Art Angestellten nicht? Warum??   Sie bestimmen darüber selbst!

Versuchen Sie das mal in Ihrem Job! Viel Spaß!

(Sagen Sie Ihrem Chef doch einfach mal, dass sie jetzt über die Höhe ihres Gehaltes selbst bestimmen und ebenso verhält es sich mit ihrem Arbeitstempo. Tschüß bis in vier Jahren! Verpiss dich, Chef!! Der Chef kniet daraufhin nieder und küsst stundenlang den Arsch seines Arbeitnehmers.)

Die Politik schließt die meisten Menschen eines Volkes rigoros von allem kulturellen Leben aus. Dies ist einfach zu bewerkstelligen, man versieht alles

Kulturelle mit hohen Eintrittspreisen, so dass ein Großteil der Bevölkerung automatisch aussortiert ist. Dabei haben genau die Steuergelder, dieser vielen Ausgeschlossenen, vorher die kulturellen Veranstaltungen für die Reichen ermöglicht, und wie immer bezahlt. Schreien und stöhnen deswegen die Politiker auf und fordern Gerechtigkeit für alle ?

Nein, niemals. Dürfen sie gar nicht, dann verlieren sie ihre schönen Posten, zumal die Geld- Macht- Mafia auch ihre Hände über diese Posten hält.

Man erkennt das System.

Wo ist die „Freiheit", am kulturellen Leben teilnehmen zu können, geblieben ? Soviel zu der hochgehaltenen „Freiheit" und „Gerechtigkeit" des kulturellen Lebens. Es lebe der von den „Grünen" und der „SPD" erlogene Gerechtigkeitsvernichter „Hartz IV", und die Massenversklavung durch die Niedriglöhne und die Rentenvernichtung / -ausrottung.

Früher, also vor gut hundert Jahren, rief man an dieser Stelle : „Wer hat uns schon immer verraten, Sozialdemokraten !"

Heute sind es selbstverständlich alle Parteien !

Natürlich muss heute ergänzt werden, dass alle sogenannten „demokratischen Parteien" das Volk verraten, verarschen, verkaufen, vernichten. Egal ob nun CDU oder CSU oder Grüne oder SPD oder FDP oder AfD oder Linke oder wer sonst noch alles aus der Kanalisation, der Unterwelt der vielen Parteien, herauskriechen wird. Ihre Aufgabe wird immer sein, das Volk zu betrügen und auszusaugen, in Angst zu halten und auf einem energetisch tiefen Schwingungslevel, die „Freiheit" auszuschließen.

Dies alles gilt nicht nur für Deutschland, es gilt immer für die ganze Welt, ja, für das ganze Universum.

Es ist für die freie Kultur kein Geld da, leider, aber gleichzeitig Milliarden Euro für die perversen Kriege in Afghanistan, Syrien, Afrika, Naher Osten etc... . es geht hier um die Jahrtausendealte Kultur des Waffenhandels. So wird das Volk abgespeist, lässt sich mal wieder, wie immer, abspeisen. Gleichzeitig zahlen alle Großkonzerne so gut wie keine Steuern. Gleichzeitig betrügen die Banker die Staaten um Hunderte Milliarden Steuergelder. Alles gleichzeitig, alles ungestraft. Alles während die Politiker sich hinstellen und in Wahlkampfreden Gerechtigkeitslügen posaunen.

Natürlich ist alles vollkommen und knallhart gelogen, zumal sehr viel Geld ohne Ende vorhanden ist, schließlich werden die Reichen immer reicher.

Wovon nur?

Luft und Liebe wird es nicht sein.

Dann platzt mal wieder eine Großbank. Ist den verantwortlichen Typen scheiß egal. Sie haben sich verzockt, erhalten aber Milliarden Bonifikationen.

Wieso dürfen Banker überhaupt zocken??

Irgendwelche Schwerverbrecher, also Banker, also dicke Freunde der Politiker, hatten sich leider „versehen". Shit happens! Schon eine Stunde später werden Hunderte Milliarden Euro zur Rettung der Verbrecherorganisation zur Verfügung gestellt. Nicht etwa dass die Banker verhaftet werden und zu fünfzig oder siebzig Jahre Knast verurteilt werden. Nein, sie erhalten „frisches Geld", zum fröhlichen Weiterspielen. Sie erhalten kostbares Geld der Gemeinschaft. Genau an dieser Stelle werden die Politiker zu verbrecherischen Mittätern. Das Ganze ist allerschwerster Betrug am Volk. Schalten sich wie der Blitz die sauberen, freien Staatsanwälte ein?

Nein. Warum wohl? Sie sind Teil des Systems!

Werden den Banken endlich scharfe Bedingungen von der Politik gesetzt? Nein, niemals! Das haben die Banker den Politikern längst verboten.

Wie geht das, hier in dieser Welt, in dieser Illusion des Drecks und des unendlichen Hasses?

Das geht wunderbar, sehen wir doch täglich, oder machen sie überall und zu jeder Zeit stets die Augen zu?

Der <u>Artikel -29-</u>
ist schon hochinteressant. „Grundpflichten"

„Jeder Mensch hat Pflichten gegenüber
*der Gemeinschaft, in der allein die **freie***
und volle Entwicklung seiner
Persönlichkeit möglich ist."
*„ . . . . seine Rechte und **Freiheiten** nur*
den Beschränkungen unterworfen, ... um
die Anerkennung und Achtung der Rechte
*und **Freiheiten** der anderen zu*
gewährleisten und den gerechten
Anforderungen der Moral, . . . der
allgemeinen Wohlfahrt, ... "
*„Rechte und **Freiheiten** dürfen in keinem*
Fall im Widerspruch zu den Zielen und
Grundsätzen der Vereinten Nationen
ausgeübt werden."

Die freie und volle Entwicklung der Persönlichkeit
einer Seele ist in der Gesellschaft der Nicht- Seelen
nicht möglich. Die Schwierigkeiten hier in dieser
Welt, in der Illusion dieser Materie, liegen genau in
der Anzahl der Nicht- Seelen und der Zerstörungs-
energie dieser hochnegativen Energie- Wesen. Man
kann diese hochnegativen Energien auch als die
„Spielführer" des Hasses und der Ängste benennen.

Die Seelen wollen sich in der Welt unbedingt geistig entwickeln, in dieser Illusion, so wie es ihnen
möglich wäre in den echten göttlichen „Blauen Planeten". Sie versuchen dies zu erreichen, trotz der
vielen Hindernisse, hier in dieser Welt. Doch dieses
Gefängnis hat andere, hat perverse Regeln.

Weiter ist aber auch erstaunlich, dass hier gefordert wird, dass selbstverständlich die Rechte und

Freiheiten jedes anderen Menschen zu achten sind. Wir kennen hier in dieser Welt nur, dass die Rechte und Freiheiten aller anderen missachtet werden. Schlichte Gemüter sprechen gern vom Recht des Stärkeren. Genau in dieser Darstellung tauchen aber die viel beschworenen Pflichten gegenüber der Gemeinschaft nicht mehr auf. Das Blatt wendet sich. Auf einmal hat die Gemeinschaft Sklavendienste zu erfüllen für die sogenannten „Stärkeren". Es wird die Lüge gestreut, dass die Wirtschaft nicht belastet werden darf, da ansonsten Tausende Arbeitsplätze gefährdet seien. Diese Ängste reichen bereits aus, um das Volk immer wieder und immer wieder einknicken zu lassen.

Politiker und Wirtschaftsbosse bekommen schon schlimme Bauchschmerzen vom vielen Lachen über das dumme Volk. Wenn die Arbeitnehmer sich dann in ihren berechtigten Forderungen um Lohnerhöhungen zurückhalten, garantieren dann die Arbeitgeber sichere Arbeitsplätze ?

Nein ! Niemals ! Ganz im Gegenteil.

Der nächste Wirtschaftsbericht bringt es an den Tag, die Milliardäre haben weitere Hunderte Milliarden verdient, auf den angstklappernden, blutigen Knochen der Dienstsklaven. Funktioniert doch !

Wieso gehen Menschen noch wählen ?

Sie wählen lediglich die korrupten, permanent lügenden Typen / Typinnen, die sie dann, bereits einen Tag nach der Wahl, verraten, betrügen werden.

Wahlen tragen keine „Freiheit" in sich. Wahlen sind pure Verarschung. Wahlen schalten das Volk aus.

Die kostbaren Böden für die Nahrungsmittel werden vergiftet ohne jegliche Folgen für die Mörder und Vergifter. Die Weltmeere werden erbarmungslos verschmutzt, alle Meere und Ozeane als Müllkippen jeglicher Art missbraucht ohne jegliche Folgen für Großindustrien, die Mörder und Vergifter der Meere, der Seen, der Flüsse, des ganzen Planeten. Alle Tiere und alle sonstigen hier auf dem Planeten lebenden Lebewesen werden vertrieben, ermordet, abgeschlachtet, als sei alles nur eine riesengroße Mörderparty, auch hier wieder ohne jegliche Konsequenzen für die eiskalten Verursacher, allesamt in der Politik, den Banken, den Manager- Etagen und sämtlichen Industrien, den Religionen, den Militärs, etc..., zu finden. Veränderungen in Sicht? NULL! Nein! Es wird höchstens schlimmer. Internet(z)! Alles drum und dran sind die sogenannten „Menschenrechte" nichts weiter als ein riesengroßer Witz.

Nebenbei betrachtet muss man festhalten, dass die „Menschenrechte" nicht einmal vollständig sind, zumal sie, wie man bemerken muss, ausschließlich von der Politik geschrieben wurden, also von der Geld- Mafia gekauften Typen. Es ist auch festzuhalten, dass sich noch nie eine Regierung um die Menschenrechte gekümmert hat, alle morden und unterdrücken weiter, als würden diese „Rechte" gar nicht existieren. Was auch faktisch der Fall ist. Die Menschenrechte sind nicht einklagbar.

„Freiheit" und auch „Frieden" konnte, unter dem Strich, nirgendwo aufgefunden werden.

Wieso finden sich in dieser Ansammlung von Artikeln nicht die drei wichtigsten Artikel, hier auf dem Planeten „ERDE", die erst eine anzustrebende „Freiheit" und eine mögliche „Hass- Überwindung", damit verbunden auch eine anzustrebende geistige Entwicklung, ermöglichen würden?

Man sollte diese „Allgemeine Erklärung der Menschenrechte" um diese drei hinzugefügten Artikel des Autors einmal ergänzen, zumindest als ersten Schritt. Man sollte auch darüber nachdenken, endlich eine „Allgemeine Erklärung der Rechte aller Lebewesen dieses Planeten" aufzustellen und einzuhalten. Hiermit ist aber verbunden, dass es eine weltweit anzuerkennende Kontrollinstanz geben muss: (Menschen mit Rückgrat !!)

1.) Artikel – 30 –   „*Saubere Luft*"

Alle Menschen- Wesen und jedes sonstige Lebewesen in dieser Welt (Tiere,
Pflanzen, etc...) haben einen festgeschriebenen, von allen Staaten und
sonstigen Organisationen dieser Welt
anzuerkennenden Anspruch auf permanent saubere Luft (Atmosphäre). Nur
die vollständige Reinheit des Planeten
garantiert „Freiheit" für jedes einzelne
Lebewesen, vom Einzeller bis zum sogenannten Menschen- Wesen und darüber
hinaus.

2.) Artikel – 31 – „*Sauberes Wasser*"

Alle Menschen- Wesen und jedes sonstige Lebewesen in dieser Welt (Tiere,
Pflanzen, etc...) haben einen festgeschriebenen, von allen Staaten und
sonstigen Organisationen dieser Welt
anerzukennenden Anspruch auf stets
sauberes Wasser. Nur die absolut vollständige Reinhaltung aller Wasser des
Planeten garantieren die„Freiheit" jedes
einzelnen Lebewesen, vom Einzeller bis
zum Menschen- Wesen und darüber
hinaus.

3.) Artikel – 32 – „*Saubere Lebensmittel,*
Nahrungsmittel"

Alle Menschen- Wesen und jedes sonstige Lebewesen in dieser Welt (Tiere,
Pflanzen, etc...) haben einen festge-

schriebenen, von allen Staaten und sonstigen Organisationen dieser Welt anzuerkennenden Anspruch auf stets saubere, unverfälschte, unmanipulierte Nahrungs- und Lebensmittel. Nur die vollständige Reinheit und Harmonie des Planeten garantiert „Freiheit" für jedes einzelne Lebewesen, vom Einzeller bis zum Menschen und darüber hinaus.

Freiheit ist möglich, aber auf keinen Fall auf dem materiellen Weg des Geldes als Machtmittel, dem Weg der negativsten Energie. Dem Weg der Waffen und der Unterdrückung. Dem Weg der Machthaber.
Unter Ausschluss der echten göttlichen Energie ist kein Weg der „Freiheit" auch nur im Geringsten zu finden, schon gar nicht hier im Schein- Universum der vergifteten Wasser (APSU und TIAMAT).
Der „ewige göttliche Weg" wiederum ist das absolute Gegenteil der verwerflichen Religionen dieser Welt, einschließlich sämtlicher Politik, Banken und sonstigen Zerstörungsorganisationen.
Der „ewige göttliche Weg" ist eine Lehre der Erkenntnis, basierend auf Harmonie, dem Einklang aller Wesen miteinander und der Förderung der Harmonie in jedem einzelnen Wesen. Ebenfalls bedingt dieser Weg uneitle Wissende mit Weitblick. Wissende sind in dieser Illusion aber nicht aufzufinden. Selbst wenn sie vorhanden wären, dann würde man sie nicht akzeptieren. (siehe : Jesus- Christus)

Religionen sind immer nur Zerstörung, siehe Ablauf der Geschichte, und das oberste Hilfsmittel der Dualität, somit der Apokalypse.
In der Materie gibt es nur eine einzige „Freiheit", dies ist die „Freiheit", sich zwischen den Weg der Materie oder den Weg der echten göttlichen Energie

zu entscheiden. Wer sich tatsächlich für den Weg der Materie, der Illusion, entscheidet, hat sowieso schon verloren, da er sich dann, für eine mögliche, geistige Entwicklung, deutlich auf dem falschen Weg, in der falschen Richtung, befindet.

„Freiheit" ist in jedem Fall die Entscheidung für den richtigen Weg. Jeder Einzelne muss dies allerdings selbst erkennen. Dieser Weg der „Freiheit" steckt tief in jedem einzelnen Menschen- Wesen, ist somit auch Teil seiner Hülle.

Da die hochnegative Energie in den „Wassern" steckt, ist sie somit nur von jeden Einzelnen selbst auszuschalten. Der Weg in die „Freiheit" ist steinig, zumal die hochnegativen Energien stets versuchen werden massiv zu manipulieren. Sie versuchen es immer und immer wieder, aber sie müssen scheitern, wenn die eigene Energie beständig ist.

(**Zauberflöte** / W.A. Mozart :   Tamino fühlt in sich die Stärke des richtigen Weges, hin zu den Eingeweihten um Sarastro. Die Königin der Nacht erlangt keine Macht über ihn, ebensowenig wie über die teilweise unsichere Pamina, welche beide selbstverständlich Seelen sind !

Papageno und Papagena haben von nichts eine Ahnung, sie sind Nicht- Seelen. Sie sind im Weitesten Produkte der Königin der Nacht.)

Man hat dies alles mit sich selbst auszumachen.

Selbst in den Nicht- Seelen- Menschen sind diese tiefen Sehnsüchte vorhanden (da auch bei ihnen dies Teil der Energie der Hülle ist). Man muss sie nur in sich erspüren, ja suchen wollen. Dann muss man sie allerdings auch zulassen und beginnen zu verstehen / zu erkennen.

Keiner hat je behauptet, dass dieser Weg leicht sein wird.

Die Sklaven- Ringe

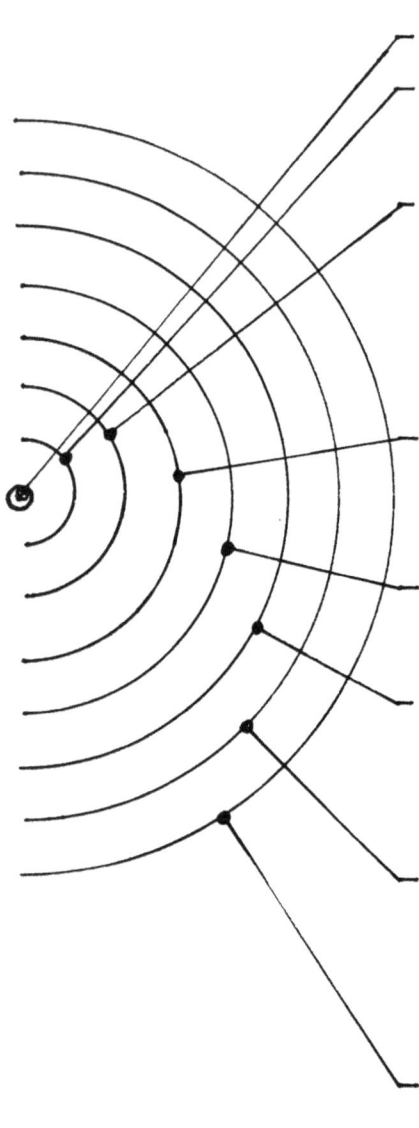

Menschen- Wesen (Seele / Nicht- Seele)

Universum (Anomalie) / Galaxie / Oortsche
Wolke / Sonnensystem / „Blauer Planet",
digitaler Aufbau (Code) / Schicksal !

Hülle (männlich / weiblich) Konditionierung
Eltern (soziale Stellung in der jeweiligen Ge-
sellschaft) / Geschwister-Anzahl / Kontinen
/ Land / Wohnort / Stadtteil / Eigentum ? /
Sprache / Verwandtschaft / Bewohnerstruk-
tur des Umkreises/ Freunde im Kindesalter /
Förderung oder Zwang ! Eigener Wille ??

Schulart / Mitschüler / Pubertät / Abschlüs-
se / Interessenausgestaltung / weitere Aus-
bildungen / außerschulische Aktivitäten, wie
Sport, etc..

---

als Heranwachsender / Ausbildung im Studium, etc... / sexuelle Orientierung / Ziel-
strebigkeit / Freundschaften / Sinnsuche ??

Berufsleben (Staatsdienst, Freiberufler,
Angestellter, Arbeiter, etc..) / Heirat / Kinde
/ Geld verdienen / Haus bauen / materielle
Versorgung der Familie / wer bestimmt wanr
und wie über die eigene Zeit / Geld, etc.... ?

äußere Bedingungen / Gesetze innerhalb
des Staates / Religionsmanipulationen /
Kriege / Frieden / Naturkatastrophen / Vergiftung der Umwelt / Bankenverbrechen / In-
flationen / Krankheiten / Todesfälle / Morde
/ Behinderungen, etc.....

Alter / die Zeit vergeht / Rückblicke /die
Lebenszeit (Aufenthalt in dieser Welt) läuft
ab / Einschränkungen (körperlich, finanziell
etc..) / vielleicht noch geistige Erkenntnisse
/ dann Ableben !
Wo komme ich her ? Wo gehe ich hin ?
Aus der Illusion heraus zurück ins „Leben" ?

– III –
„frei" und „Freiheit"
in den Ängsten

Die Kontrolle über diese Welt, über diese Illusion, in der wir uns zur Zeit befinden, steuert sich sehr einfach über Ängste. Der Buddhismus spricht vom Weg der „Leiden", vom Erkennen der „Leiden" und letztlich von der Überwindung der „Leiden". Meines Erachtens müsste man aber erst einmal mit einbeziehen, dass das Anhaften an jegliche Art „Ängste" diese „Welt" speist und verkleistert. Ängste lassen die Menschen- Wesen hoffnungslos an diese Illusion anhaften, zumal der Kopf nicht mehr klar wird, nicht mehr Wichtiges erkennt oder erkennen will. Die Konditionierungen laufen von Anfang an so, dass man gar nicht mehr verstehen kann, wo man sich befindet. Der Denkwinkel jedes einzelnen Menschen- Wesens wird wissendlich verschoben.

Einige Synonyme für **Ängste** sind : Furchtsamkeit / Lähmung / Grauen / Schrecken / Bestürzung, ...

Im Grunde dürfte es gar keine Ängste geben.

In den unverfälschten göttlichen Energien, in den echten „Blauen Planeten", in denen sich ausschließlich Seelen aufhalten, existieren „Ängste" überhaupt nicht, sind niemals eine Option.

„Ängste" sind kontrollierende Perversionen der negativen Täuschungen, hier in dieser Illusion, dieser unfassbaren Anomalie.

(siehe auch – VII –)

Jegliche „Freiheit" und jegliches „frei sein" ist in einer Energie der Ängste nicht vorgesehen. Ängste unterdrücken jegliche geistige Entwicklung. Ängste verhindern geordnetes Denken. Genau dazu wurden die Ängste auch erschaffen und eingesetzt, durch die despotischen Energie- Wesen der Unterwelt.

Wie kamen die Tausende Ängste in diese Welt der Milliarden Täuschungen ?

Diese Täuschung eines „Blauen Planeten" ist nicht auf geistige Entwicklung ausgerichtet, sondern ausschließlich auf Kontrolle und letztendlich auf Zerstörung. Diese Welt ist eher als ein Experimentierfeld anzusehen. Ein komplexes Spielfeld. Bei dieser Illusions- Welt handelt es sich um eine Art perverses Labyrinth, permanent sich wechselnder Struktur.

Schon in der erweiterten Tier- und Pflanzenwelt ist zu erkennen, dass in jeden harmonischen Ablauf einer biologischen Entwicklung stets zerstörerische Elemente eingepflanzt wurden. Diese Elemente gehören nicht zu einem echten göttlichen, harmonischen Aufbau, zu einem sich gegenseitig ergänzenden Kreislauf unterstützender Entwicklung.

Befreien wir uns einmal von dem ganzen Blödsinn der Evolutionstheorie und schauen einmal direkt in die Energie, dann ist zu erkennen, dass in einem vorher harmonischen Gesamtsystem auf einmal, wie aus dem oft zitierten „Nichts", fleischfressende Tiere auftauchen, die selbstverständlich nicht notwendig sind zur Stabilisierung, zur Aufrechterhaltung einer Harmonie der Abläufe auf diesem Planeten. Diese fleischfressenden Elemente der Aggression und der Ängste, die auch grundlos gigantisch waren, tauchten ohne Entwicklungsstufen auf und dies in ingenieurmäßiger Perfektion, so, wie es heute noch nicht nachzuvollziehen ist. Sie waren auf einmal anwesend, wie ein neues Automodell. Der Code stammt aus den manipulierten „Wassern", aus dem unendlichen Informationspool des APSU !

So wie die heutigen Geld- Leute alles „big" haben wollen, immer größer, noch ein SUV und noch ein Monstertruck und noch mehr PS u.s.w., so bauen sich die irren Götter ihre Tötungsmaschinen, seien es nun Dinos oder heute eben verblödete Diktatoren und noch schlimmer die Welt beherrschen wollende mordgeifernde Religionen, gepaart mit dem was wir fälschlich materielle „Wissenschaft" nennen. (Chemie / Maschinen / A-B-C- Waffen / Digitaler Krieg und der Perversionen vieler mehr ....).

Was bedeutet Evolutionstheorie letztendlich ?

Sollen wir etwa davon ausgehen, dass sich eine Handvoll Atome (mit Bewusstsein und schöpferischer Intelligenz) zusammengetan haben und sich bei einem kühlen Bierchen absprachen, nun doch einmal einen Tyrannosaurus Rex zu basteln ?

Eben nur mal so zum Spaß, weil sie gerade aggressiv angehaucht waren, und unbedingt gemeinsam zur Bestie werden wollten ? Warum weiß keiner !

So stellt sich das der kleine Darwin vor ?

Dann muss man auch davon ausgehen, dass sich eine weitere Handvoll Atome zusammensetzen um mal eben einen SUV entstehen zu lassen, nur so, wie immer aus dem „Nichts". Ist das logisch ?

Diese hochaggressiven, weitestgehend fleischfressenden Theropoden, verbreiteten überall in dieser Welt schreckliche **Ängste**, genau wie ihr Schöpfer MARDUK (siehe hierzu –VII–). Sie aktivierten etwas in allen anderen, harmonischen Pflanzen- Essern, was es vorher so noch nie gegeben hatte. Die friedlichen Tiere mussten mit ansehen, wie neue massige Fressmaschinen von gewaltiger Kraft und Geschicklichkeit ihre pflanzenessenden Artgenossen attakkierten und auf überaus schmerzliche Weise töteten und zerrissen und herunterschlangen.

Diese Schreckensbilder verankerten sich in jeder einzelnen ihrer Zellen.

Wer wollte diese Angst- Energien jedem einzelnen Wesen in dieser Illusion einpflanzen ?

Die Energie der Ängste pflanzte sich so in ihre Gehirne, erzeugte dort ein neues Zentrum. Stress baute sich auf. Die Ängste wirkten in all ihren Zellen, sie ließen jegliches friedliches Verhalten absterben, ersetzt durch eine neue Wachsamkeit, bedingt durch

69

die Möglichkeit, zu jeder Sekunde angegriffen und getötet, gefressen werden zu können.

Immer grundlos !

Menschen, die so auf Ängste fixiert sind, die kümmern sich nicht mehr um eine geistige Entwicklung in vollkommener Ruhe und Stille, die können sich gar nicht mehr um Erkenntnisse kümmern, die müssen zu jeder Sekunde wachsam sein.

Wer erdachte sich diese Perversionen ?

Wo blieb die „Freiheit" ?

MARDUK selbst war nicht der Erfinder der Ängste. Er selbst war letztendlich auch nur ein ausführendes Produkt, hier in dieser Anomalie, dieser Illusion, hier in diesem Universum, diesem Zerfallsprodukt.

Welcher „Gott" war so irre krank, so soziopathisch verseucht, so vergiftet, so kaputt ?

Warum waren / sind diese „Schein- Götter" allesamt so geisteskrank, so weit weg von jeglicher Harmonie ?

Es wurde eine feindselige, vergiftete Energie in diesem „Blauen Planeten" eingenistet, erwuchs und materialisierte sich aus vergiftetem Mischwassern. Diese negative Energie wirkt jetzt bereits viele Milliarden Jahre, möglicherweise war sie bereits von Anfang an vorhanden, oder man kann noch weitergehen, sie war weit vor diesem Universum existent.

(siehe hierzu – VII –)

Es wäre keinesfalls notwendig gewesen, auf diesem „Blauen Planeten" aggressive Hüllen zu konstruieren und mit entsprechenden Nicht- Seelen zu bestücken. Es sei denn, genau dies wäre, von welcher Seite auch immer, gewollt gewesen.

Ein Planet für perverse Experimente, Kriege etc...

Wo Ängste herrschen, da wächst keine „Freiheit".

(Siehe auch heutiger Bau von SUV`s. Eindeutig grundlos und anschaulich blödsinnig, aber jeder Idiot will einen haben. Natürlich in der Stadt, wo es keine Parkplätze gibt und wo man sich mit einem Fahrrad umweltschonender wesentlich besser und bequemer bewegen kann !

Der Mensch soll ein vernunftbegabtes Wesen sein, so behaupten andere Menschen- Wesen ! ? !

Wurde das schon jemals bewiesen ?

Würde ein vernunftbegabtes Wesen den Planeten, auf dem es sich befindet selbst zerstören, oder würde es den Planeten in Harmonie halten/ bringen ?

Was denn nun !   Klug oder doch Schwachkopf ?

Siehe auch Gen- Manipulation. Sämtliche Informationen steckten schon immer in den „Wassern", somit existiert nichts „Neues" in dieser Welt.

Erst diese Aggressivität gebar „die Ängste / die Leiden". Darüber hinaus war von diesem Augenblick an klar, dass es keine „Freiheit", hier in dieser Illusion, geben konnte und damit verbunden keinerlei geistige Entwicklung. Geistige Entwicklung bedarf der Harmonie und eine sich steigernde, echte göttliche höhere Schwingung, welche auch in der Lage ist, den Körper von Giften jeglicher Art zu reinigen.

In diesem Universum entwickeln sich alle Kräfte auf Zerstörung zu, wie heute ja unbestreitbar bewiesen ist. Die Erde ist bereits vollkommen zerstört. Des sogenannten „Menschen" Hauptbeschäftigung ist der komplette, rundumschlagende Mord, die vollständige Vergiftung des Planeten und die totale Zerstörung all dessen, was noch übrig bleibt. Es gab noch nie einen Tag in dieser Welt ohne Kriege und ohne brutalste Morde. Menschen morden andere Menschen und alles rundum morden und manipulieren sie sowieso gleich mit.

Wer will in einer solchen kranken, perversen, geistig zurückgebliebenen Welt leben ?

Wer glaubt denn in dieser Welt <u>Freiheit</u> zu finden ?

Die auf Dummheit konditionierte, programmierte Maschine, der „Moderne Mensch", zieht eine geistige Entwicklung überhaupt nicht mehr in Betracht. Geistige Entwicklung bedeutet, entgegengesetzt der materiellen Entwicklung. Selbst allerkleinste Versuche, die Richtung noch einmal zu ändern, werden

71

abgeschmettert von sogenannten Staatenführern, die sich selbst als die einzigen „Mächtigen der Welt" bezeichnen, auch als der „Mächtigste Mann" oder die „Mächtigste Frau". Millionen, ja Milliarden Vollidioten jubeln diesen von der Geld- Mafia gekauften und eingesetzten toten Figuren zu, diesen vollständig leeren, fremdgesteuerten Hüllen.

Was für ein nicht zu überbietender Schwachsinn, geboren aus Ängsten und Verheißungslügen auf ein gutes Leben. Ein Leben, welches in dieser Illusion gar nicht existiert, niemals existieren wird.

„Die Dummen (Törichten) werden nicht alle !", so sagt der Volksmund. Man muss gestehen, der sogenannte Volksmund irrt sich an dieser Stelle einmal nicht.

<u>Ängste</u> sind vielfältig und können wunderbar überall eingesetzt werden. Betrachtet man die Verwandten der „Ängste", so sehen wir dort viele Beschreibungen wie :

Angstgefühle, Beklemmung und Furcht, Furchtsamkeit und Panik und Herzensangst. Aber auch Existenzangst, Gesundheitsangst, Altersangst, Angst vor Kriegen, Angst vor Wirtschaftspleiten und vieles mehr . . . Angst vor Alien, Angst vor der Strafe eines Gottes. Der Mensch ist töricht, wenn er Angst vor einem „echten göttlichen Energie- Wesen" hat, zumal dieses Harmonie- Wesen den einzigen Ausweg aus seinem falschem Denken darstellt.

Allerdings ist hier die Frage, an welchen „Gott" er sich halten soll, dringend zu stellen und vollkommen neu zu klären. Immer ist ein sehr großer Bogen zu machen um die Religionen dieser Welt.

Man kann Angst einjagen, jemandem Angst einflössen, Angst als Druckmittel benutzen durch Gefangennahme jeglicher Art. Man kann in Angst versetzen durch Manipulationen jeglicher Art, auch durch Falschinformationen und jemanden somit in Angst und Schrecken versetzen. Angst kann auch aus der

Umgebung erwachsen durch Dunkelheit und durch merkwürdige Mitmenschen, durch Abneigung gegen bestimmte Tiere, durch unheimliche Geräusche und vieles, vieles mehr . . . .

Es gibt Tausende Ängste und bestimmt viele, viele mehr . . . .

Angst ist immer nur eine Kopfsache, sie erwächst im Kopf, ist dort eingenistet, abgespeichert.

Ein Sprichwort sagt : *„Deinen richtigen Weg findest du nur dort, wo deine Angst steckt !"*

Dies bedeutet, dass du deine Angst / Ängste klar und in aller innerer Ruhe betrachten muss. Nur so ist es möglich sie zu erkennen und zu überwinden.

Steckt man erst einmal in der Angstfalle, ob rational oder meist irrational, dann lässt man sich wunderbar manipulieren mit allem was rund um einen herum stattfindet. Der geschundene Begriff einer „Freiheit" entfällt vollständig, wird durch die Ängste vollkommen umschlossen, verdrängt und aufgefressen, zumal man sich so nebenbei noch selbst ein Gefängnis erschaffen hat, im eigenen Kopf. Dies kann so weit gehen, dass der Mensch die einfließenden Ängste nicht mehr nüchtern betrachtet, nicht mehr mit Abstand betrachten kann, nicht mehr als Illusion entlarvt, sondern sämtliche Ängste immer öfter für „Real" hält. Er gerät immer tiefer in ein unüberwindbares Labyrinth scheinbar verschlossener Türen, obwohl die Türen selbst gar nicht existieren. Der Mensch zimmert sich diese Türen dann selbst. Ängste sind eine mächtige Energie. Hier in dieser Welt, eine mächtige Waffe der Geld- Menschen gegenüber den geldabhängigen Menschen, ihren vielen Milliarden Lohn- Sklaven.

Es ist schon erstaunlich, dass die Sklaven mal wieder nicht erkennen wollen, dass sie immer die weit Stärkeren sind, schon an Zahl millionenfach stärker, zumal die Geld- Menschen ebenfalls nur aus vielen schlotternden Ängsten bestehen. Man muss sich nur einmal vorstellen, was geschehen würde, wenn eine oder besser drei Millionen Deutsche einen undurchdringlichen Kreis um den Reichstag bilden um dann alle gemeinsam zu rufen : „Kommt heraus, ihr wundervollen Angestellten des „Deutschen Volkes", wir wollen eine neue Ordnung festlegen !"

Alles fließt, nichts ist starr festgeschrieben. Alles fließt. Auch alle Abgeordneten Körperflüssigkeiten !

Man muss sich dessen nur bewusst werden. Man muss sich die „Freiheit" nehmen, einen Schritt vorzutreten. Dies verändert augenblicklich die Sichtweise. Alles verändert sich mit diesem ersten Schritt.

Wer hat dann wohl die Hosen gestrichen voll und Ängste ohne Ende, wenn das Volk endlich mal einen Ring um den Reichstag bildet ?

Monatelang müsste man den Reichstag lüften. Doch das Volk ist glücklicherweise dumm, dass wissen die sogenannten „Mächtigen" ! Sie wissen auch, dass das Volk immer brav ist und das es immer verblödet gehorcht.

Es beginnt mit der allgegenwärtigen Angst vor dem Tod.

Was bedeutet eigentlich der „Tod" ?

Wenn wir eintauchen in diese Illusion, zumindest als Seelen, dann kommen wir aus einer echten göttlichen Energie in diese Illusion hinein. Wir kommen also aus dem **eigentlichen Leben** hinein in die Täuschung, in diese Illusion. Diese Illusion ist also keinesfalls das „Leben". Sie ist, genau betrachtete, das Gegenteil von Leben, sie ist eher zu bezeichnen als eine Art „Traum / besser : als Alptraum".

Man fragt sich öfter, was dieses „Leben", hier in dieser Welt eigentlich zu bedeuten hat. Wenn man sich nicht mit den Sinnfragen beschäftigt, bleibt man eigentlich schon an der ersten Frage hängen, geht den Weg gar nicht weiter. Für einen „einfachen Menschen" ist das Leben eine klare Sache – Er wird geboren, wächst heran, geht, warum auch immer, zur Schule, vielleicht vorher in den Kindergarten, beteiligt sich in diversen Sportvereinen, macht eine Lehre oder ein Studium, versucht danach soviel Geld zu verdienen als nur eben möglich, schlängelt sich durch die Jahre, sieht sich beim altern zu, kümmert sich nicht großartig um die vielen Lügen der Politiker, Banker und Kirchenleute, wird älter und älter, bis dann die Rente auftaucht, wie aus dem eisigen Nichts, dann einige Zipperlein, dann immer mehr Zipperlein, dann irgendwann, wenn man auch langsam zu diesem sogenannten ganzen „Leben" keine Lust mehr hat, schlägt auch schon der Sargdeckel zu und   – aus die Maus – .

Ob das Ganze je einen Sinn hatte bleibt während des Wimpernschlages dieses „Lebens" ungeklärt, bleibt im Dunkel und scheint auch den allermeisten Menschen- Wesen vollkommen egal zu sein. Wie gesagt : „ Dumm geboren und nichts dazugelernt ! "

(dies ist keine Wertung der sogenannten Intelligenz. Dazugelernt bedeutet nicht Abitur / Studium / Titel oder gar Bauerschläue. Dazugelernt bedeutet ausschließlich, ob man seinen Aufenthalt erkannt hat, hier in dieser Illusion, ob man sich geistig entwickelt hat, ob man seine Aufgabe verstanden hat.)

Frage : „Was passiert vor der „Geburt" ?"

Frage : „Was geschieht nach dem Abtreten ?"

Für die meisten Menschen- Wesen ist dies alles eh Wurscht. Hauptsache, die dicke Kohle wird eingefahren und es wird gut und satt die „Zeit", hier in dieser Welt, vertrieben.

Woher ich komme ? Keine Ahnung !

Wohin ich gehe ? Keine Ahnung ! Was solls, ist doch eh egal !

Für eine Seele, hier in dieser Welt, in dieser düsteren, Zerfallensillusion, also für einen Seelen- Menschen, sieht die Angelegenheit schon ganz anders aus. Die Seelen tauchen in diese Welt ein um sich eigentlich geistig zu entwickeln. Doch schon bald müssen sie feststellen, dass sie hier keine geistige Entwicklung finden können / werden. Sie können lediglich darauf warten, wieder ins „wirkliche Leben", in die echten göttlichen Energien, zurückkehren zu können. Aber sie lernen auch für ihre Entwicklung. Sie sehen hier, was sie alles niemals wollen.

Für die Seelen hat dies alles nichts mit Ängsten zu tun, sobald sie verstehen, dass es lediglich nur ein Aufenthalt in der Illusion ist. In der Bibel, im Buch Hiob, wird dies besonders klug dargestellt. Hiob hinterfragt sein Leben, hinterfragt die Materie, hinterfragt seine sogenannten Freunde. Er stellt Erstaunliches fest. Er muss feststellen, dass es keine Freunde gibt in dieser Welt, ebenso gibt es keine Familie.

Zwischenzeitlich kann die Seele sich insoweit informieren, dass sie begreifen kann, dass diese Illusion einer Welt immer nur zum Scheitern verurteilt ist, da die vielen Nicht- Seelen- Menschen alle auf Vernichtung und Zerstörung programmiert sind. Die Nicht-Seelen- Menschen stellen ein ewiges Marionetten-Theater dar, welches, hier in diesem Sonnensystem, diesem Universum, den sogenannten „Göttern" huldigen soll. Bei den meisten dieser Figuren klappt das aber nicht. Menschen sind nicht integer.

Die Seele stellt ebenfalls fest, dass es in einer solchen Variante einer Welt keine „Freiheit" gibt.

Täglich wird in dieser Schein- Welt ein neuer Krieg offeriert. Auf die Idee, gemeinsam einen wundervollen Park anzulegen, mit früchtetragenden Bäumen und schattenspendenden Haselnusssträuchern, und vollkommener Ruhe, und gezielt entworfenen autarken Siedlungen mit ansteigend höheren Schwingungen und innerer Harmonie mit der Umwelt und mit dem Planeten, darauf kommt niemand.

Schon gar keine Killer- Religion der Wüstenvölker !

Hat je ein sogenannter Papst freiwillig einige der Milliarden Euro schweren Ländereien verkauft, um hungernde Menschen zu speisen ?

Nein, natürlich nicht. Niemals würden die raffgieri-
gen Geldgeilen dies tun, gar in Erwägung ziehen !
Hat je eine andere Religion etwas für die Millionen
hungernden Menschen dieser Welt getan, also nicht
nur Massenmord, sondern etwas „Positives" ?
Nein, natürlich nicht !
Das haben diese Religionskonzerne und –Armeen
gar nicht in ihren Programmen, das ist bei ihnen niemals vorgesehen gewesen.

Die Seele kann weiter feststellen und begreifen,
dass alle Abläufe in der Illusion gesteuert sind und
dass die „Ängste" erwachsen aus den Energien der
Unterwelt, aus Geld und Geldnot, aus Macht und
Machtmissbrauch. Ausschließlich Nicht- Seelen sind
permanent geil auf Geld, Macht, Mord und sie fühlen in sich Hass und Neid. Ausschließlich Nicht- Seelen kennen Gier, Besitzsucht und Kriege. Sie wollen
etwas haben, etwas scheinbar für sie Greifbares.
Wenn sie es dann endlich besitzen, auf welchem
Wege sie es sich auch immer aneignen, wissen sie
nichts damit anzufangen, weil es eigentlich schon
vorher vollkommen bedeutungslos war. Aber selbst
diese eigentliche Erkenntnis wird von ihnen gar
nicht wahrgenommen, nicht verstanden, nicht zuende gedacht. Es werden auch aus dieser möglichen
Erkenntnis keine Konsequenzen gezogen.
Wo ist zwischenzeitlich eigentlich die so wertvolle,
wundervolle, göttliche „Freiheit" geblieben ?
Doch man fragt nur : „Welche Freiheit ?"
Es ist vollkommen irre, Kriege durchzuführen in der
Illusion, aber die Törichten machen es trotzdem. Sie
behaupten, nicht anders zu können, die armen Din-
ger, aber das ist selbstverständlich auch nur gelogen, ein dümmlicher Schutzwall aus nur Lügen und
Lügen und Lügen. Selbstverständlich ist jedem klar,
dass Kriege noch nie etwas genützt haben, noch nie
etwas Positives hervorgebracht haben.
Warum dann Kriege ?

77

Kriege tauchen immer dann auf, wenn der innere Drang vieler Menschen- Wesen nach so etwas wie einer echter „Freiheit" immer größer wird.

Beschreiben kann diese „Freiheit" indes keiner.

Die Marionetten der Götter, also die Macht- Politiker, die Religionsorganisationen, die Geldleute, deren ganzer Anhang, haben zu verhindern, dass sich der „Freiheitsdrang" entwickelt. Es wird sichtbar, dass nur ängstliche Strukturen all dies nötig haben. Nur ganz schwache Wesen wollen die vollkommene Kontrolle. Nur die Dümmsten wollen Macht über andere, koste es, was es wolle. (siehe : China !)

Kontrollwahn ist immer geboren aus Ängsten und Dummheit. Gäbe es sonst Geheimdienste. Das Volk füttert seine Peiniger und Kontrolleure mit unendlich Geld und Informationen. Es ist somit schon klar verständlich, dass wir ausschließlich nach intelligentem Leben im Universum suchen, denn hier in dieser eiskalten Welt werden wir kein wirklich intelligentes Leben finden.   Intelligenz = geistige Entwicklung !

Wie soll man unter diesen Bedingungen „Freiheit" finden, zumal die Unterdrückung aller Menschen- Wesen immer rascher voranschreitet ?

Wo nichts ist, da kann man nichts finden !

Die allerschlimmsten Varianten der Freiheitsunterdrückung und des Machtmissbrauchs sind in den Religionen zu finden. Dies hat mit ihrem Entstehen und Einsetzen in dieser Welt zu tun. Hier werden Ängste aufgebaut bis zum Gehtnichtmehr. Hier werden Götter dargestellt, die Rache ausüben wollen und die sogenannten Sünden bestrafen und vieles mehr... . Der komplette Irrsinn, die komplette Fehleinstellung, Missbrauch jeglicher Art.

Das alles wird einem von den machtgeilen, perversen, sogenannten Religionsführern aufgetischt, die sehr gern kleine Kinder vergewaltigen und all ihre schmierigen Finger in Waffengeschäften und Kriegen haben, die voll und ganz allesamt auf der satanischen Seite stehen, auf der Seite der Scheingötter um MARDUK.

Ängste sind ihr lukrativstes tägliches Geschäft, Mord ist ebenfalls ihr Hauptgeschäft. Unter den vielen Namen des MARDUK finden sich : „Gott / Teufel Satan / Allah und viele, viele mehr !"

Wir unterscheiden zwischen echten göttlichen Energien und der Illusion, den satanischen (chaotischen) Energien, den Anomalien.

Woran erkennt man eine „göttliche Energie" ?

Die „echten göttlichen Energien" sind der göttlichen Liebe und dem göttlichen Licht verpflichtet. Sie würden niemals Mitmenschen unterdrücken, bevormunden, schänden, versklaven oder gar morden. Sie sind im übertragenen Sinne Geschwister des **Abel**, sie befinden sich in den echten, den reinen, den getrennten, den unvermischten „Wassern".

Die satanischen Energien sind keine echten göttlichen Energien, stehen nicht für die echte göttliche Liebe. Sie sind allesamt Geschwister des **Kain**. Die vielen Ableger der „satanischen Energien", der „Mischwasser", sie alle wollen Macht, Kriege, sind voller Hass und Gier, sind geil auf Geld und die Zerstörung der Erde ist ihnen vollkommen egal. Diese Nicht- Seelen produzierenden Energien bestehen auf ihre Religionen, sie lassen Menschen töten ohne Bedenken, geben unglaubliche Dummheiten von sich und nennen diesen Schwachsinn ihre überlegene Religion. Ebenso verhalten sich ihre Marionetten, ihre Politiker und Banker und ihre Milliarden von Killeranhängern. Sie morden ohne Sinn und Verstand. Sie verschmutzen die Meere, sie verschmutzen die Luft und sie vergiften alle Nahrungsmittel ohne die geringsten Bedenken. Man wird sie nicht finden unter den Bäumepflanzern. Positives in dieser Welt zu bewirken ist ihnen komplett suspekt.

Wir unterscheiden also nicht zwischen gläubigen und ungläubigen Menschen- Wesen. Wir unterscheiden zwischen echten göttlichen Energien der Liebe und des Lichts und den satanischen Energien des Hasses, des Mordes, der Zerstörung, der Geldgier, der Besitzgier, der Machtgier, hier in dieser Anomalie, dieser Illusion, diesem Zerfallsprodukt.

„Freiheit" jeglicher Art taucht auch in ihrer Anomalie wieder nicht auf, wird niemals auftauchen.

Seelen- Menschen meiden jegliche Religionen.

Seelen- Menschen halten sich immer an die echten göttlichen, ewigen Energien in den echten Lehren.

Alle Nichtseelen- Menschen sind automatisch satanische Energien. Sie haben allerdings auch die Möglichkeit, in die echten göttlichen Energien einzugehen, aufgenommen zu werden, sie zu erkennen. Doch fast alle haben sich letztendlich für Geld, Macht und Mord entschieden. Sie haften an die Materie an. Sie wollen alle das rundum sorgenfreie Lebenspaket, obwohl klar ist, dass es diese Variante niemals geben wird, zumal die Götter, die sie dazu anbeten, allesamt Lügner und Betrüger sind !

Alle Ängste dieser Welt, dieser Illusion, stammen aus den verwirrten Anomalien, aus der Perversion, aus der Vergiftung, aus dem Missbrauch der echten Wasser, aus den vergifteten Mischwassern.

Versammelt befinden sich diese Perversionen im Scheingott MARDUK, dem Herrn über all die unzähligen Schrecken, dem angeblichen Herrscher dieser Anomalie und all seiner Nachkommen und Vasallen. Aber worüber herrscht er eigentlich ?

Doch auch MARDUK, der dargeboten höchste aller Götter ist nur ein gefangener Spielball der dunklen Herrscherin der Unterwelt „Mutter CHUBUR". Er ist ebenfalls lediglich eine Marionette.

Er herrscht über das „Nichts".

Er ist uns bleibt ein Törichter, ein Idiot eben.

Einige Wissenschaftler haben eine Vermutung über eine „Dunkle Energie, - Materie", welche dieses Universum ausmachen soll. Na also.

Wer in sich hineinspürt, der weiß, an welchen Ort er sich befindet, der weiß aber auch klar und deutlich, dass er „Freiheit" in dieser Anomalie niemals finden wird, niemals finden kann.

(siehe dazu Kapitel – VII –)

Angst vor dem Loslassen der Konditionierung
[ein Gedanken- Experiment]

Ich sitze an meinem Schreibtisch und denke auf einmal : „Wie wäre mein Aufenthalt verlaufen, wenn man mich an einer anderer Stelle der Illusion eingetaucht, ja, eingepflanzt hätte ?

Meine Seele vierteilt sich und taucht zum identischen Zeitpunkt an vier Orten gleichzeitig auf. Jedes mal männlich, fast einen Meter neunzig, kräftig, fast immer gleich aussehend, aber........ .

Meine Seele taucht ein in einen Körper in Paris, in einem Randgebiet. Vater ein Angestellter. Mutter eine Verkäuferin. Konfession katholisch, guter Schüler, super Kanute, Olympiamannschaft, viele Siege, nette Freunde, Gesundheit in Topform. Olympiasieger im K1, im Studium erfolgreich. Kann so weitergehen. Geht auch so weiter, steil nach oben.

Meine Seele taucht ein in eine Arbeiterfamilie in Bitterfeld. Vater im Knast, da er das Maul aufgerissen hat gegen die Partei. Mutter ist eine Arbeiterin und hustet die ganze Nacht. Mit sechzehn Jahren schon fast einen Meter und neunzig, nicht ganz so kräftig, aber dafür Asthma. Höhere Schule wurde versagt, trotz hervorragender Leistungen. Schachmeister, aber Spielverbot auf Turnieren. Die Lunge kommt nicht zur Ruhe, nicht zur Gesundung. Sie dürfen den verseuchten Ort aber nicht verlassen. Anordnung der Partei. Verrecke elendig mit einundzwanzig. Keine ärztliche Hilfe erhalten.

Meine Seele taucht ein in New York, in eine italienische Familie. Stadtteil Queens. Vater gehört zur Mafia. Mutter macht den Haushalt. Zehn Geschwister. Ich bin groß und stark, früh kämpfen gelernt. Eigene Gang aufgebaut. Alle bewaffnet. Mit dreizehn den ersten Typen erschossen, wurde aber nicht erwischt. Der weitere Werdegang steht ziemlich fest. Dann habe ich einmal nicht aufgepasst, fange mir an meinem sechzehnten Geburtstag eine Kugel ein, direkt ins Herz ! Glück gehabt ? ! Oder ??

Ich sitze immer noch sehr nachdenklich an meinem alten umfunktionierten Küchen-/Schreibtisch.
Es hätte alles ganz, ganz anders laufen können und dann hätte ich eine andere Konditionierung und ich würde anders denken, anders handeln.
Oder ?
Es ist immer noch meine Seele, also meine innere tiefe Struktur. Was habe ich für eine Aufgabe mitbekommen, um sie zu erfüllen, hier in dieser Illusion.
Bin ich letztendlich etwas Unveränderbares, egal in welcher Hülle auch immer ?

Ist das überhaupt möglich ?

Die vierte Variante überlasse ich ihrer geschätzten Fantasie. Eventuell eintauchen in Afrika, Dubai, Süd-Amerika, Australien, Syrien ... ? Oder vielleicht auch einmal als armes Mädchen in Riad, verkauft an einen alten Sack, aber mit Sehnsucht nach Freiheit.

Was stellen sie sich vor ??

Zum Glück ist alles nur Illusion !

– IV –
„frei" und „Freiheit"
in der Geld- Negativität

„Geld, Geld, Geld ! GELD allein regiert die Welt !"
Wo bleibt die „Freiheit" ?
Die Freiheit wurde schon längst verkauft. Jegliche „Freiheit" und jegliches „frei sein" konnte sich in dieser Welt nicht entwickeln, da es ganz offensichtlich für jedes Menschen- Wesen in dieser Welt zuviel kosten würde. Die Anreihung von Tagen, das sogenannte „Leben", besteht meist aus unnützer, die Welt zerstörender Arbeit und unendlich vielen, eingeimpften Ängsten und materiellen Anhaftungen. Es besteht nicht aus geistiger Entwicklung, nicht aus Aufbau von Erkenntnis. Es besteht daraus dem Geld immer, und immer schneller hinterher zu rennen, meist aus scheinbarer Not, ja, Notwendigkeit. Es, das sogenannte „Leben", atmet nicht / niemals die ersehnte „Freiheit".   Wie auch !
Hinzu kommt noch, dass viele Menschen- Wesen heute, regierungsgewollt, wieder zu auffällig miesen Löhnen arbeiten müssen, damit ein paar obere, eindeutig asoziale Schmarotzer gut leben können ohne jemals gearbeitet zu haben, wie eindeutig all ihre vom Geld abhängigen Milliarden Lohn- Sklaven.
Demokratie ? oder doch wie seit vielen Jahrtausenden eine miese, stets unterdrückende Diktatur ?
Wie immer, die DIKTATUR des GELDES !
Ein Staat ist empfindlich wie ein lebender Körper !
„Ich kann mir die „Freiheit" nicht leisten, ich habe nicht soviel Geld !", sagte ein Bauer, verdingte sich als Söldner irgendeiner Armee und fiel bereits, vollkommen unerfahren, am ersten Kriegstag.

(„Glück gehabt" sagen die einen. „Pech gehabt" meinen die anderen.)

Die Generäle beider Streitkräfte hatten mit 50% „Verluste", also Gefallenen, Abgeschlachteten, gerechnet. Es fielen aber nur jeweils 46%, also ein guter Tag und eine wirklich präzise Vorausberechnung. Alle Achtung. Viel Geld konnte an diesem Tag in den Kriegskassen eingespart werden und satte 70.000 Esser weniger retteten die verbleibenden Soldaten auch über die nächsten drei bis vier Tage hinüber, zumindest versorgungsmäßig. Das Schlachten ging weiter. Es konnte somit verpflegungsmäßig nur immer besser und besser werden.

Krieg ist immer wieder eine schöne, einträgliche Sache, besonders wenn man als verblödetes Menschen- Wesen für die „Freiheit" kämpft!

Morden für die „FREIHEIT!"?? Wie geht das?

Wer das verkaufen kann ist wirklich ein soziopathisches, eiskaltes, widerliches „Genie".

Zum Glück ist der gemeine, durchschnittliche Soldat durch und durch ein Vollidiot. Wäre dem nicht so, würde er ja nicht in den Krieg ziehen. Niemals würde ein Mensch mit funktionierendem Gehirn in den Krieg ziehen. Wieso auch? Für wen bitte?

Kriege kosten viel Geld und irgendwoher müssen diese immensen Geldsummen kommen. Die Kriegstreiber, also die Reichen, die Mächtigen, die Banker, die milliardenschweren Kirchen und alle sonstigen geldgierigen Organisationen wollen ihr schönes Geld aber nicht hergeben. Am besten entnimmt man sich das Geld von der großen, dummen Bevölkerungsmasse, so wie sie es immer getan haben und dies zu jeder Zeit, seit Jahrtausenden. Es hat sich nichts geändert. Es wird sich allerdings auch niemals etwas ändern. Es wird höchstens viel schlimmer!

Heute nennt man die pralle Kriegskasse den Verteidigungshaushalt. Die Astrophysiker allerdings sprechen präziser von einem „Schwarzen Loch".

Also ein Fass ohne Boden. Also gut für alle Gierigen im Dunstkreis der Regierungen und des Geldes, die ganz tief unter dem Fass die Hände aufhalten. Das Paralleluniversum auf Erden.

„Freiheit" will von diesen Herrschaften der Unterwelt keiner. Ist auch im „Kreislauf des Lebens" gar nicht vorgesehen. Also bitte !

The show (war) must go on ! !   You know.

Unfähige Politiker und die Waffen- Industrie brauchen immer wenigsten einen gut laufenden Krieg. Besser mehrere. Geschäft versteht sich. Dann muss auch die Verteidigung eines jeweiligen Landes aufgebaut werden. Der Bürger will geschützt werden. Die Angst- Maschine muss laufen, laufen und laufen, sonst hat keiner ausreichend Ängste, das kleine Gehirn beruhigt sich, und es werden viel dumme, falsche Fragen gestellt. Also, permanente die Ängste auf Spannung halten.

Die Regierungen wollen keine erdrückenden Fragen, auch die Waffenindustrie nicht oder gar die Banker, schon gar nicht die Religionen.

„FREIHEIT" ?

Scheiß auf „Freiheit", hier geht es erst einmal um den Schutz des ach so lieben Volkes.   Oder ??

KRIEG ist immer wieder eine gute Idee ! Hinzu kommt, dass die Idee, für die richtig Reichen, sehr kostengünstig ist. Milliarden Euro schaufelt so ein Krieg in die Schwarzgeldkassen. Wahrscheinlich viele, viele Hunderte Milliarden Euro mehr. Kontrolliert wird da ja niemand. Wer auch ? Wie auch ! Durch wen ? Die Geld- Maschine läuft und läuft und läuft, wie korrupt geschmiert !

Man sagt also diesem demokratischen, verblödeten Stimmvieh, dass man diese Kriege ausschließlich deshalb führt, ja führen muss, um die goldene „Freiheit", die „Freiheit des Volkes", auch weiterhin zu gewährleisten. Man führt die vielen Kriege aus humanitären Gründen, für Volk und Vaterland, immer öfter für „Mutterland".   Wowww !

Kriege aus humanitären Gründen.
Wowww ! (humanitär = wohltätig / menschlich)
(menschlich = permanent alles mordend !)
Nun ja. Kriege kosten natürlich richtig Geld, und es
kostet selbstverständlich viel Geld, und es kostet
ausschließlich Steuergeld. Ist klar ! (Siehe auch
Bankenkrise, Flughäfen, Großprojekte, etc.... !)
Die Wege des Geldes können allerdings niemals
nachvollzogen werden. Warum auch. Der Bürger ver-
traut der Politik. Ist der Bürger vollkommen doof ?
(Die Klärung der Frage nach der unendlichen Doof-
heit des Bürgers eines jeweiligen Staates wird an
dieser Stelle nicht geklärt. Große Teile dieser einfachen Antwort könnten möglicherweise einige Millio-
nen/Milliarden Bürger ins Nachdenken versetzen.)
„Nichts ist umsonst, nicht einmal ein in sich wider-
sprechender sinnloser Tod !" Das sind wundervolle
Sätze, geboren aus Macht und Geldgier.
Dann ist der Krieg irgendwann zu Ende, die Leute
haben keine Lust mehr. Alles ist selbstverständlich
brutalst zerstört, die zivile Bevölkerung wurde um
die Hälfte dezimiert, Großfriedhöfe und Massengrä-
ber haben wieder einmal richtig Hochkonjunktur.
Alle einfachen Leute sind arm und ärmer und sie
hungern selbstverständlich.
Aber das alles ist ohne jegliche Bedeutung.
Alle Reichen haben immer noch alles. Sie haben
viel Geld, viele Häuser, viele Fabriken, viele extrem-
fette Schwarzgeldkonten und auch an Leibesfülle
sind sie schön rundlich und dick, vorsorglich wurden
in sicheren Ländern Goldlager angelegt.
Nun, die Armen und die Törichten sind krank und
dünn und ohne Geld, aber reich an Hunger.
Man erinnert sich immer wieder gern an die Worte
eines klugen Menschen- Wesens :

„Lieber reich und gesund,
als arm und krank !"

Was ist eigentlich aus der „Freiheit" geworden ?

„Nun sind endlich alle Menschen „frei", vollkommen „frei", wird aus den Lagern der Politiker und der Reichen gerufen, die ihre Köpfe jetzt wieder aus den Bunkern in die Luft strecken oder die gerade zurück sind aus einem mehrjährigen Urlaub aus friedlichen Gefilden. Die bombardierte Bevölkerung findet zwar keinen Wohnraum mehr vor, es gibt in der Übergangsphase keine Arbeit, kein Geld und sie haben nichts mehr zu essen, aber sie haben für die „Gute Sache", für die richtige Sache gekämpft. Wie gesagt, sie sind ab nun vollkommen „frei" und auf sich selbst gestellt. Ihre Wohnungen sind allesamt ausgebrannt, ihr Hab und Gut wurde vernichtet, ihre Gesundheit ist dahin. Wie gesagt, sie sind „frei", frei von Hab und Gut, frei von überflüssiger Gesundheit, frei von ärgerlichen Geldsorgen.

Die Armen haben ja kein Geld.   Oder ?

Somit ist die ärmere Bevölkerungsschicht mal wieder „Freiwild" auf dem freien Arbeitsmarkt.

„Wollt ihr die totale „Freiheit" ?"

Alle schreien aus vollen Kehlen : „ Jaaaaa !"

Das ist wundervoll, das ist genial. Man sollte ab nun eigentlich nur noch Kriege führen lassen, überlegen die Reichen. Man könnte doch einen Zyklus festlegen, so alle dreißig Jahre. Natürlich rund um, jeder will etwas davon haben. Diese brutalen Kriege liefern Geld ohne Ende, Fressen ohne Ende, Nutten ohne Ende – für die Reichen natürlich. Kriege sind für ihre Macher das ewige, heilige Paradies. Einfach eine super, super, super Sache !

Kriege machen „frei" !

Frei von restlichem Gewissen.

Frei von eindeutiger Verantwortung.

Frei von sonstigen überflüssigen Dingen. Genial !

Hinzu kommt ja noch, dass man die blöden Typen, die immer herumnörgeln, so ganz nebenbei auch noch alle abknallen kann. Stört niemanden !

(Wäre auch eine gute Tourismus- Idee)

Als Erstes einmal sind die sogenannten Oberen „frei" vom selbständigen Denken. Sie sind frei vom eigenen „Nachdenken" und von der Überprüfung der energetischen Konsequenzen für sich selbst. Bei jeglicher Variante des Tötens handelt es sich um Mord, dies wird so klar allerdings nicht gesagt. Für den Krieg gewährt der gute Vater- (und immer öfter Mutter-) Staat den Mördern einen Freibrief, eine Lizenz zum Töten (voll cool James Bond ! Wowww). Diese Lizenz ist eine durch und durch satanische Lizenz und verschließt letztendlich jegliche Möglichkeit zum Eintritt in die „echten göttlichen Energien". Wer sich also auf Krieg, welcher Art auch immer, und damit auf Mord einlässt, ist ein Idiot, zumal es seine eigenen Energien verändert, ja versiegelt. Hinzu kommt, dass er damit die eigentliche „Freiheit" weggeworfen hat, sich für die echte göttliche Energie zu entscheiden. Der Teilnehmer an einem Krieg, an einer Mordaktion jeglicher Art, entscheidet sich für die satanischen Energien, für das absolute „Nichts". Er / Sie schmeißen alle späteren Chancen weg, jemals dem „Nichts" entkommen zu können.

Erklärt irgendeine Religion, dass es einen „Heiligen Krieg" gibt, dann handelt es sich bei diesen Religionen um hochnegative, satanische, verblendende Energien. Diese hochnegativen Energien bekämpfen mit allen Mitteln der Manipulation und des Mordes die „Freiheit", somit in die echten göttlichen Energien eingehen zu können. Es handelt sich bei Religionen immer um versklavende Energien.

Die einzige Aufgabe eines Kirchen- und / oder Religionsführers ist es eindeutig, in materieller Armut zu leben, sich nicht an die Materie anzuhaften und auf keinen Fall in ihr zu wirken. Er oder sie sollten permanent beten zu den echten göttlichen Energien, also nicht zu irgendeinen Gott, welchen Namens auch immer, oder was sonst auch immer. Echte wissende Religionsführer würden niemals in das sogenannte weltliche Geschehen eingreifen zumal sie wissen, das alle Materieanhaftung ausschließlich und gnadenlos ins „Nichts" führt, also mit der Illusion verschwindet . Sie wissen auch, dass sie handeln sollen, ohne zu handeln, ohne in dieser Illusion manipulierend einzugreifen.

Was bedeutet es in der Materie, handeln ohne zu handeln. Jeglicher Eingriff in die Materie ist Anhaftung. Anhaftung führt zu Begehrlichkeiten, zu Emotionen, letztendlich zu Besitzdenken und schlimmer. Ein wirklicher Religionsführer, ein Wissender, weiß, wo er sich befindet, und er steht weit über der Materie, lebt und wirkt ausschließlich für die echte göttliche Harmonie in der Energie. Er entmischt sich strikt von allem sogenannten Weltlichen, besonders von Hab und Geld. Er ist nicht manipulierbar. Er würde niemals morden oder gar Morde anordnen. Er weiß genau, dass dies Perversionen der Anomalie sind.

Diese Entscheidung führen zu können, dieses Wissen in sich zu tragen, das führt letztlich in die „Freiheit" außerhalb dieser Illusion. Eine andere Möglichkeit der „Freiheit" existiert in dieser Illusion, in dieser sogenannten Welt, in diesem Planeten, nicht. Wer das nicht realisiert ist verloren, kann sich gar nicht entwickeln. Man muss erschreckend festhalten, dass sich die heutigen Religionen allesamt auch nicht geistig entwickeln wollen, möglicherweise auch gar nicht mehr entwickeln können.

„Geld" ist ein hochnegatives Mittel der Anhaftung. Wer sein irdisches, ganzes Streben auf materiellen Reichtum setzt, der ist nicht zu retten, da er in eine Illusion investiert. Er/ Sie geht eindeutig und permanent rasant in die falsche Richtung.

Steht fast so in der Bibel, im „Neuen Testament" :

„Eher gelangt ein Kamel durch ein Nadelöhr,
denn ein Reicher in die Harmonieenergie
des „Geistes über den Wassern" !"

Was hat das zu bedeuten ?

Was sagt der Satz in der Energie aus ?

Echte „Blauen Planeten" werden in die Illusion des Universums gesetzt, damit man sich als Seele, so man denn eine ist, sich geistig entwickeln kann. Als erster Entwicklungsschritt ist zu verstehen, dass man die Illusion erkennt, dass man begreift, wo man sich hier befindet. Danach muss man die Materie als Illusion verinnerlichen, auch zum Eigenschutz.

Man darf nicht an sie anhaften, sie für Echt halten.

Auf einem richtigen „Blauen Planeten" gibt es kein Geld und vor allem existieren dort keine Nicht- Seelen- Menschen / -Wesen, also in das System eingesetzte satanische Energien der Zerstörung in Menschen- Wesen- Hüllen, oder sonstiger Form.

„Geld" zeigt sich als der höchste Zerstörungsfaktor, da es im Dunkel einzusetzen ist. Die sogenannten Regierungen saugen und erpressen das Geld aus dem Volk, also aus ihren Sklaven und setzen dann diese „Gelder" so ein, wie sie es für ihre Machtverstärkung geeignet befinden. Das Volk selbst spielt keine Rolle, ist lediglich Mittel zum Zweck, Mittel im Spiel. Geld ist eine Machtschraube, eine Daumenschraube für das Volk. Will das Volk verstärkt in die Politik eingreifen, dann werden einmal schnell die Geld- Schrauben angezogen. Geld reduziert die notwendigen höheren Schwingungen für alle Lebewesen. Um sich geistig entwickeln zu können, muss aber die Schwingung des Planeten erhöht werden, ebenfalls muss der Kontakt zum Planeten- Wesen selbst hergestellt werden. Für all diese Schritte sind höhere, positive Schwingungen unabdingbar.

Für all diese Vorbereitungen benötigt man Ruhe und Stille und eine störwellensaubere Umwelt, also auch frei von Handy- Strahlung, frei von Strahlungserzeuger aller sonstiger hochnegativer Art, etc..... .

Somit stellt sich auch klar und deutlich dar, dass „Demokratie und Freiheit" lediglich Elemente der kompletten, immerwehrenden Täuschung sind.

Gäbe es auf diesem Schein- Planeten „Demokratie und Freiheit" in sauberer unkorrupter Ausführung mit ehrlichen Politikern (was in sich selbst schon einen Widerspruch darstellt), dann wäre diese Erde vollständig sauber und eine wirkliche geistige Entwicklung würde Allenortens gefördert und gefordert, eine Harmonie anzustreben, in Verbindung mit einer wesentlich höheren Schwingung. Harmonie ist unbedingt nötig um sich geistig entwickeln zu können. Ohne eine saubere Harmonie kann es zu keiner Erkenntnis für die Menschen- Wesen kommen.

Religionen verhindern Harmonie !

„Geld", Gier und Hass, in Verbindung mit Dummheit, sind die stärksten Machtmittel in Bezug auf Weltherrschaft und Zerstörung. Aus der Geschichte sollen die Menschen angeblich etwas lernen. Nun werden aber ständig alle Kriege und alle Übeltaten aufgeschrieben und aufgezeichnet. Doch irgendwie scheint dies niemanden zu interessieren, zumal ganz eindeutig niemand etwas aus der Geschichte lernt. Die Kriege werden immer perverser und die Menschen betrügen einander immer brutaler und offensichtlicher. Ein Eingreifen von Seiten der sogenannten Religionen erfolgt niemals. Alle Religionen sind ebenfalls beteiligt am zerstörerischen Wettlauf um die perverse Weltherrschaft. Religionen und Kirchen sind an „Freiheit" nicht interessiert, zumal ihr interner Aufbau ausgerichtet ist auf brutalste Hierarchie. Ab und zu sagt mal ein Kirchenkonzern- Oberhaupt, dass man sich doch wieder vertragen sollte, und dass man doch Geld spenden solle für die armen Menschen und für Erdbeben- und Kriegsopfer oder zur Überwindung irgendeiner beliebigen Hungersnot. Geschieht dann auch wirklich etwas für die betroffene Bevölkerung ?   Nein !

Spenden die aufgerufenen Menschen ?   Ja.

Spenden die Hunderte Milliarden Euro schweren Kirchenfürsten selbst auch nur einen Euro ?   Nein !

Warum gehen sie nicht mit guten Beispiel voran ?

Wann wollen die sogenannten Mächtigen anfangen etwas zu lernen ? Kein Interesse vorhanden. Perversion überall in den obersten Führungen. Interessant ist auch festzustellen, dass fast alle sogenannten „Friedensnobelpreise" an Massenmörder vergeben werden, also an Politiker, etc..... Was soll aus dieser Vergabe gelernt werden ? Was für eine kaputte, verlogene Menschheit.

Haben diese Damen und Herren „Preisträger" wirklich und konkret etwas für den „Frieden" und die „Freiheit" in dieser Welt getan ? Nein. Wieso auch.

„Geld" ist kein Mittel der „Freiheit", es ist ein Mittel des versklavenden Zwangs, ein Mittel der Macht, das stärkste Mittel der vollkommenen Unterdrückung. Geld ist keine Erfindung des Handels. Es ist eine Erfindung der vollständigen Freiheitsberaubung. Geld erzeugt höchste Negativität und es erzeugt unentwegt anhaftende Begehrlichkeiten.

Wer Geld hat, der ist nicht augenblicklich sicher und glücklich. Wer Geld hat, also sehr viel Geld, der wird von anderen, sogenannten Menschen- Wesen gejagt, die entweder noch mehr Geld haben oder viel weniger Geld, damit sie irgendwie an sein Geld gelangen. Für Geld wird gemordet. „Freiheit" kann man sich ebenfalls nicht erkaufen. Die Geld- Energie besitzt / verklebt ihren Besitzer, nicht umgekehrt.

Varianten der Geldgewinnung sind : Erpressung, Kidnapping, Mord, Verschleppung von Familienmitgliedern, Kontoplünderungen, Steuern, Zinsen und Tausende negativer Varianten mehr, heute natürlich alles über Computer und Internet.

Was für ein merkwürdiges Verständnis von einer „Freiheit" durch Geld- Energien !

Wo kann man denn da von „Freiheit" sprechen, wenn man mit Tausenden Leuten gemeinsam an einen überbelegten, verdreckten, plastikvermüllten, vergifteten Sandstrand, beliebig irgendwo in dieser Welt, in der Sonne liegen soll ?

Erkaufter scheinbarer Urlaub durch Geld ?

„Geld" hat nicht nur zwei Seiten. Auf der einen Seite haftet man an dem Geld an, sobald man sich entscheidet, viel Geld besitzen zu wollen, versinkt somit tief in die Materie, ja taucht ein in die Energien der Unterwelt. Auf der anderen Seite kann Geld eine Erleichterung darstellen, wenn man die Energie des Geldes erkennt und versteht, es hoffentlich richtig, mit bedacht und Abstand, einzusetzen.

Der Jesus- Christus selbst kam nie mit Geld in Berührung und doch hatten seine Jünger Geld, um die notwendigsten Nahrungsmittel zu erwerben. Das Christus- Wesen distanzierte sich von jeglicher Anhaftung. Es war schon Anhaftung genug, durch die Jesus- Menschen- Hülle agieren zu müssen.

Das Christus- Wesen distanzierte sich vom Geld, von der satanischen Energie, bot somit keine Fläche der Anhaftung. Eigentlich müssten sich alle wirklichen obersten Führer sogenannter Religionen ganz genauso verhalten.   Und geschieht das ?

Verhalten sie sich so wie die Christus- u. Buddha- Wesen es für richtig anordneten ?   NEIN !

Die heutigen, ausschließlich materiellen Religionsführer geifern nach dem Geld voller Gier. Sie gründen extra eigene Banken. Diese Führer meinen im Namen des Christus zu sprechen, verstehen sich als Vertreter des Christus- Wesens auf Erden.

Was für eine schmutzige Blasphemie !

Diese Religionsführer und ihre Milliarden Mitläufer, sie werden sich alle zu verantworten haben für diesen Verrat, für diese permanente Demütigung des echten Christus- Wesens.

Hat jemals ein Religionsführer der letzten zweitausend Jahre die Lehre des Christus verstanden und umgesetzt ?   NEIN !

Das Christus- Wesen wusste um die hohe satanische Energie des „Geldes" und aller sogenannten Wertmetalle und Edelsteine, darum ächtete es all diese materiellen Energien, verkündete dies auch immer klar und deutlich. Doch selbst die sogenannten „Jünger" hörten niemals zu.

Doch, wer hört da in heutiger Zeit schon hin?

Die satanischen Priester erkannten die Gefahr, die in der starken Christus- Energie lag, sofort. Selbstverständlich spielte der „Jesus", also die Hülle, keine Rolle, es ging immer nur um die Verbannung der echten göttlichen Energien, hier aus dieser materiell orientierten, satanisch verseuchten Illusion. Es ist schon interessant, dass die Kirche in Putins Russland erstarkt. Was verspricht sich Putin davon und was die Kirche? Verräterisch perverse Koalition!

Der Christus verbreitete eine „Lehre", genau wie der Buddha ebenfalls nur eine „Lehre" verbreitete. Beide erklärten vehement und unterstrichen dies deutlich, dass sich die Menschen- Wesen nicht von Religionen einfangen lassen sollten, da es sich bei den Religionen in dieser Welt um Täuschungen und um Betrug handele.

„Geld" spielt eine große Rolle auf dem Weg zur Unterjochung und möglichen Vernichtung dieses Universums. Allerdings war das „Geld" auch der Startknopf für die Zündung der Apokalypse. Die eigentliche Bedeutung der Apokalypse ist die

„Offenbarung der Selbstzerstörung"

Diese Offenbarung der Selbstzerstörung muss erkannt werden von jedem einzelnen Menschen-Wesen, zumal ausschließlich diese Erkenntnis zu einem Weg von „Freiheit" führen kann.

Die göttlichen, ewigen Energien haben weder etwas mit „Geld", „Macht" oder „Hass", oder sonstigem Negativen zu tun, noch irgendetwas mit der Apokalypse. All diese zerstörerischen Energien sind negative, satanische Energien und somit ausschließlich Energien der chaotischen Selbstzerstörung, hier in dieser Illusion, dieser Täuschung, dieser perversen, hinterhältigen Anomalie.

(Am Rande festzuhalten ist interessant, dass dieses Universum sich immer schneller ausdehnt, obwohl die Ausdehnung sich eigentlich verlangsamen sollte. Die dunkle Materie kämpft bereits gegen die dunkle Energie. An dieser Stelle ist das blöde Wort „Wahnsinn" einmal korrekt einzusetzen.

Sie, die „Macht- Götter" haben diese Illusion schon lange nicht mehr unter Kontrolle. Sie (diese Schein-Götter der Illusion : EA / ANU / MARDUK, etc..) wissen nicht mit den Mischwassern zu hantieren ! Sie allesamt sind eben nur Zauberlehrlinge. Sie allesamt stecken tief in der Klemme !)

Die Anlehungen und Gebete der sogenannten „gläubigen Menschen" in Richtung ihres Gottes oder ihrer Götter sind zutiefst heuchlerische Veranstaltungen.

Die echte göttliche Energie, „Der Geist über den Wassern", ist kein strafendes Energie- Wesen, war es niemals, wird es niemals sein. Ganz im Gegenteil. Die echten, ewigen göttlichen Energien sind immer und zu jeder Zeit positiv und geistig aufbauend.

Diese „scheinheiligen, gläubigen Menschen" sollten sich lieber beginnen zu fragen :

„Wo stehe ich überhaupt ?

Wen bete ich da eigentlich an ?

Wieso hintergehen mich die Religionen dieser Welt, und wieso renne ich den ganzen Tag nur hinter dem „Geld" her, gefangen wie in einem Hamsterrad ?

Wer bin ich und wo komme ich her ?

Wieso finde ich keinen Kontakt zu dieser Welt ?"

Die erste Frage ist doch eindeutig :

„Bin ich eine Seele oder bin ich eine Nicht-Seele ?"

Eine Seele steht in Kommunikation mit dem Planeten und den echten, positiven göttlichen Energien !

Eine Nicht- Seele steht in Kommunikation mit dem Geld, mit der Dualität, mit Eitelkeit, mit Emotionen, in welches es sein ganzes Vertrauen setzt. Wichtig sind ihr alles Äußerliche, wie Haus, dickes Auto, neueste Klamotten, Schminke, Plastiktitten, dümmliche Tattoos und sonstiger Müll und Dreck. Wichtig ist ihr die Herde, der Rang, die Stellung in der Schein- Gesellschaft. Skrupel kennt eine Nicht- Seele nicht.

Ab und zu geht diese Nicht-Seele mal kurz heucheln in einem sogenannten „Gotteshaus". Meist ein dunkler eiskalter feuchter, furchteinflössender Bunker, errichtet auf einem positiven Schwingungspunkt der Erde um diese Schwingung für immer zu versiegeln, zu vernichten. Bestückt sind diese hochnegativen Kirchen aller unterschiedlichen Religionen und sonstigen Schein- Betstätten mit skurrilen Figuren in Uniform und ekelhafter schwarzer, gruseliger Ausstrahlung. Je nach Religion die merkwürdigsten Verkleidungen, immer Ränge in den jeweiligen Hierarchien unterstreichend, den Menschen-Wesen gleich klarmachend, dass sie es hier mit einer überirdischen „Macht" zu tun haben, mit einer strafenden, eindeutig allwissenden Macht.

Aber, weit und breit nichts „Göttliches".

„Geld" scheint eindeutig nicht die Antwort zu sein, solange es ausschließlich negativ eingesetzt wird.

Geld lässt sich für die Entwicklung der Erde einsetzen, für die positive Förderung der Harmonie, für das erfolgversprechende Experiment einer neuen Gesellschaftsform, gründend auf neue Städtebau-Experimente, wie die exzellenten „Autarken Städte" des Verfassers.

Doch die Damen und Herren an der Spitze der heutigen sogenannten „Macht" müssen eine ganz neue Eignungsprüfung ablegen, um in diese neuen Städte kommen zu dürfen, dann wird es diesmal heißen :

„Eher kommt ein Kamel durch ein Nadelöhr, denn einer der alten Politiker, Banker, Geldleute, Kirchenfürsten, Manager, sonstige Killer, etc..., in die „Neue harmonische „Autarken Städte" der Gemeinschaft".

Träum schön weiter, sagte das hungrige Menschlein zur Antilope, die keuchend und mit zerfetzten
Hinterbeinen am Boden lag. Das Menschlein lächel-
te zufrieden in sich hinein.

Geld lässt sich aber auch einsetzen für die hochnegativen Energien, wie Waffen, Umweltverschmut-
zung durch jegliche Chemie und Pharmazie, durch
Politiker und Banker, durch Religions- Killer und In-
dustrie- Manager, tausendfach sonstigem Gesocks,
etc... , so wie wir es täglich erleben, erdulden.
Ein Verbot aller Waffen in dieser Welt wäre ein erster ganz kleiner Schritt. Ein daraus sich verändern-
des Bewusstsein in Richtung einer echten Gemeinschaft wäre ein weiterer denkbarer Schritt. Eine veränderte Politik, besser eine umgehende Abschaf-
fung aller Politiker, ein weiterer Schritt. Eine ganz
klare Hinterfragung des merkwürdigen Begriffs „Religion" wäre noch so ein Schritt und so weiter und so
weiter....., sie sehen, wie einfach alles sein könnte.

(Man könnte doch auch monatlich eine Klimakon-
ferenz durchführen. Alle Beteiligten werden dann
permanent mit Tausenden Jumbo- Jets hin und her
transportiert. Das schafft doch wirklich ein vertrau-
enerweckendes Klima. Die Riesen- Flugzeugdüsen
reinigen dann die „Rest- Atmosphäre". Oder ? ?)

Benötigen wir überhaupt Politiker ? Waren diese
Figuren jemals positiv für „Frieden" und „Freiheit" ?
Ganz klares eindeutiges, dickes : „NEIN".

Und so weiter . . . .

Geld hat viele, viele, sehr viele Seiten. Weit über
99% davon sind allerdings leider hochnegativ.

Ein kleiner Schritt in Richtung „Freiheit" für alle
Menschen- Wesen wäre es, wenn alle ein Grundein-
kommen bekommen würden. Oder ? Nur die Ruhe,

es liegt nicht am Geld. Geld ist mehr als genug vorhanden, siehe Kriege, Bankenkrisen, Staatenkrisen, etc..... Es geht hier schon um die „Freiheit". Die sehr dicken Fesseln der Sklaverei würden sich ein wenig lösen und die Menschen würden endlich kurz, kräftig durchatmen können, stressfreier die Tage beginnen können. Zeit und Raum haben zu denken und auch körperlich zu gesunden. Sie würden auch langsam energetisch gesunden !

Welcher Politiker, welcher Reiche will schon ein gesundes und freies, unmanipulierbares Volk ?
Keiner !
Welche Religion will Stressfreiheit und echte Religionsfreiheit zulassen, will unterstützen, mittragen ?
Keine !
Das Sklaven- Volk ist hoffnungslos, ist ausgebrannt und energetisch leer aber es gehorcht immer noch der Dummheit obskurer „Führer" jeglicher Couleur.
Wie immer.
Solange es Geld und Politiker und Religionen gibt, solange wird sich nichts ändern.

FREIHEIT ?
Was ist das ????

**Unendliche Weiten,
unendliche Leere,
nichts vom „Willen zur Harmonie",
nichts vom „ewig Göttlichen",
nichts von „Freiheit",
nichts von „Frieden" !**

– V –

„frei" und „Freiheit"
in der „Macht"

Was ist das eigentlich, die „Macht" oder weiter betrachtet, die „Machthaber" ?

Eines ist allerdings mal sicher, dass in allen möglichen Varianten der „Macht" niemals eine Möglichkeit der „Freiheit" auftauchen wird. Es ist festzustellen, dass die Machtstrukturen selbst immer in große Ängste verhaftet sind. „Freiheit" würde bei echten Machtträgern mit innerer Stärke und einem klaren Bewusstsein für Harmonie und Ausgleich für alle Mitlebewesen jeglicher Art Priorität haben.

Wenn man die Synonyme, also die sinnverwandten Wörter der „Macht" aufruft, so tauchen dort interessante Wörter auf.

Zum Beispiel : Herrschaft, Kraft, Stärke, Autorität, Einfluss, Befehlsgewalt und Einflussnahme.

Von der Durchsetzung der „Freiheit" für alle Lebewesen auf diesem Planeten findet man kein einziges Wort in den Regierungserklärungen der sogenannten „Weltdemokraten". Ganz im Gegenteil.

Unter dem Synonym des dicken Wortes „Machthaber_in" ist zu finden : Diktator_in, Führer_in, Gewalthaber_in, Herrscher_in, Gebieter_in, Unternehmer_in, etc..... .

Auch „Demokratie" taucht im Bereich der Macht und der vielen Machthaber_innen nirgendwo auf. Doch alle sogenannten „Demokratischen Parteien" streben nur und ausschließlich nach der alleinigen „Macht". All diese Parteioberen sind besessen von der Alleinherrschaft, streben sie stets an, also 50% aller Stimmen, plus X. Sie sind ebenfalls besessen vom eigenen Personenkult.

Wie passt das alles zusammen ?

Überhaupt nicht !

Ein/e Alleinherrscher/in, ein/e Absolutist/in, ein/e Diktator/in strebt in dieser Illusion dieser Welt, doch niemals danach, die „Freiheit" für alle Menschen zu erlangen, noch die „Freiheit" überhaupt, noch die Pressefreiheit, und so weiter .... . Allerdings nehmen die Herrschaften für sich selbst immer die „Freiheit" nach ihrer persönlichen Macht der Korruption, und in sonst jeglicher Richtung, in Anspruch.

(Kleine Episode : „Wir sitzen alle in einen Boot !" Im Fall der Titanic wurden noch ein paar Leute ge- rettet, doch was ist mit dem großen Dampfer Erde ? Alles ist mit allem verbunden. Sollte man stets be- denken ! Man sollte auch mit einbeziehen, dass diesmal keiner sagen kann, wenn dieser „Dampfer" untergeht, er hätte das so extrem nicht gedacht, noch gewusst ! Wenn man mit voller Kraft gegen einen Eisberg kracht, geht jedes Kreuzfahrtschiff unter, auch heute !! Besonders heute, zumal dieser Dampfer ERDE nur noch von unqualifizierten Kapitä- nen und besonders Kapitäninnen befehligt wird. So- mit, nichts von Demokratie, nichts von „Freiheit".)

Die richtige, wichtige „Pressefreiheit" ist etwas ganz anderes als das, was sich hier in dieser Welt zeigt. In dieser Welt haben wir eine Schein- Presse- freiheit. Die Journalisten dürfen alles schreiben, was man ihnen sagt und was vorher durch entsprechen- de Kanäle der „Parteien- Zensur" wohlwollend be- trachtet und begutachtet wurde. Die angebliche „Freiheit" eines angestellten Journalisten endet mit der Unterschrift unter seinen Arbeitsvertrag, also genauso wie bei allen anderen Arbeitnehmern, also wie bei allen anderen Lohn- Sklaven dieser Welt.

Es ist wie mit allem in einem Staat, dessen Führungspersönlichkeiten ihre „Demokratie- Lehre" in einer Diktatur absolvierten. Selbstverständlich werden hier verbrecherische Minister reingewaschen von freundlichen Staatsanwälten, und jeglicher Anfangsverdacht einer Straftat wird kollegial nicht erkannt, schließlich weiß man was man zu tun hat, wie man die „Freiheit" und die „Rechtsstaatlichkeit" zu zerlegen hat. Gerade in den heutigen, sogenannten „Demokratien" zählt der immer deutlicher und wahrer werdende Spruch : „Die Kleinen hängt man, die Großen lässt man selbstverständlich laufen !" Hunderte Millionen Euros ins Ausland verschwinden zu lassen, an der Steuer vorbei schieben, bezeichnen gekaufte schmierige Rechtsanwälte als Standardvergehen, also eigentlich nicht erwähnenswert. Steuerfahnder erhalten von der Regierung keine Unterstützung, ja, werden teilweise kaltgestellt, bis zur dreckigen Denunzierung durch den Staat.

Wie geht das ?   Natürlich wundervoll !

Wo sind wir denn hier ?   Bananen- Demokratie ?

Korruption ist an der Tagesordnung. Es wird aber nichts unternommen gegen die Korruption. Warum nicht ? ?   Sie ist Teil des Systems dieser sogenannten demokratischen „Macht".

„Freiheit für alle" ist gar nicht gewollt, war niemals gewollt. Wird niemals existieren.

Das System benötigt Milliarden billiger Sklaven.

Welches Rechtsempfinden haben diese steuerhinterziehenden Typen_innen eigentlich ?

Natürlich gar keines !   Stör nur !

„Freiheit" und „Macht" sind so unterschiedlich wie Abel und Kain (sie waren keine Brüder !). Die sogenannte „Macht" wird die Freiheit selbstverständlich sofort erschlagen, ausschalten, umbringen und wird sich hinterher keiner Schuld bewusst sein, ja nicht einmal wissen, worum es sich handelt, wenn man nach dem Verbleib der „Freiheit" fragen wird. „Sind wir vielleicht die Wächter der „Freiheit" ?", so wird man hinterfotzig fragen, wie seinerzeit Kain, als Gott ihn fragte, wo denn sein Bruder Abel stecken würde.

Alle heutigen „Demokratien" sind durch und durch brutalste Diktaturen mit nur einem Ziel, mit dem Ziel der persönlichen „Machterweiterung" der sich bereits an der Schein- Macht Befindenden.

Wer an der „Macht" ist, der will nie mehr teilen. „Macht" und „Demokratie" sind nicht im Geringsten vereinbar. Macht- Menschen wollen nicht irgendetwas gemeinsam erarbeiten oder gar diskutieren. Macht- Menschen bestimmen was für sie gemacht werden soll. Merkwürdigerweise kommen sie auch immer damit durch. Es gibt einfach im Macht- System zu viele „Scheißefresser" !

Wie geht das in sogenannten „Demokratien" ?

Das Volk hat nur eine dienende, eine ausführende Funktion, eine „Sklaven- Funktion" und jegliche Andeutung von „Freiheit" stört das schnelle voranschreiten der scheinbar „Mächtigen / Geldgeilen".

Betrachtet man das Wort „Machthaber", so sind weitere sinnverwandte Wörter zu finden : Kaiser_in, Imperator_in, Despot_in, Tyrann_in, Gewaltherrscher_in, Unterdrücker_in, Diktator_in und immer öfter „Mutti" (gilt auch in Nord- Korea !).

Auch hier haben wieder all diese ganzen Typen und besonders die Typinnen nichts mit „Freiheit" zu tun. Stört auch nur ! Viel zu anstrengend !

Es ist erstaunlich, und natürlich auch wieder nicht, dass die viel größere Gefühlskälte und -härte von den sogenannten „Führerinnen" ausgeht, die meist eiskalte Soziopathinnen sind.

Nun beschreiben und bestätigen dies die sogenannten „Frauen" selbst. Stets sagen sie, ob man es wissen will oder nicht, dass sie doppelt so gut sein müssen wie die Männer, um eine bestimmte Machtposition zu erlangen, in Wirtschaft, in Management und in der Politik und so weiter..... Wobei die Wege in der Politik die Einfachsten zu sein scheinen, in allen Berufsbereichen muss man auch eine Qualifikation vorweisen. Ist ein Politiker also ein eiskalter Taktiker, so sind die Politikerinnen doppelt so eiskalt. Nun wächst allerdings nicht nur dieser krankhafte Ehrgeiz in den äußerlich wie Frauenhüllen aussehenden Nicht- Seelen- Energien. In diesen Wesen entglittenen Nicht- Seelen- Energien wächst auch das Vielfache an Hass, Wut, Vernichtungswille, Manipulationsenergie, Machtgeilheit, Zerstörungswille und vieles Negative mehr. Wer denkt oder nur hofft, dass eine sogenannte äußerlich scheinende „Frau" etwa Freiheit und Harmonie für ein Volk anstrebt, der wird schnell eines anderen belehrt.

Diese negativen Substantive unterstellt man ansonsten nur den männlichen Kontrahenten, da die Beschreibung des sogenannten „Weiblichen", konditioniert in jedem männlichen Hinterkopf noch immer greift. (anerzogen von der eigenen „Mutti" !)

Betrachtet man das Wort „Frau" oder übersteigert das Wort Frau in Richtung „Mutter" und „mütterlich" bis „Mutti", so tauchen folgende sinnverwandte Wörter auf :

Mutti / Mama / Mütterchen (alle drei verniedlichend, fast liebevoll in demütiger Haltung), aber Frau bedeutet auch Chefin.

Chefin wiederum bedeutet : Leiterin / Direktorin (ist also sehr weit weg von einer echten „Mutti").

Bei „Mutter / Mutti" liegt die Konditionierung fast jedes Mannes auf Sätze wie . „Ehre deine Mutter !" und „Eine Frau schlägt man nicht !" (Schon gar nicht die liebe „Mutti". Man(n) widerspricht auch nicht, das verbietet eine gute Früh- Erziehung !)

Diese Konditionierung mit ins politische Kalkül gesetzt ist eine brutale Waffe gegen alle männlichen Kollegen oder gar Kontrahenten ! Die Männer haben dagegen einfach keine Chance (gesellschaftlich betrachtete). Egal was immer sie machen, sie ziehen stets den Kürzeren, ziehen sich also in diesem Machtspiel besser zurück, was man ja auch in der deutschen Politik sehr anschaulich seit der „Mutti-Macht- Diktatur" beobachten kann.

(Ein Beispiel an dieser Stelle : In einem Gerichts-saal wurde im Rahmen eines Bauprozesses das Baugutachten einer Ingenieurin, einer älterer Gut-achterin, scharf hinterfragt. Die Bausachverständige antwortete teilweise unsicher. Daraufhin schaltete sich der Richter ein und maßregelte den befragen-den Rechtsanwalt der Gegenpartei, er solle sich mäßigen gegenüber der älteren Dame. Der Rechts-anwalt war sichtlich geschockt, entschuldige sich und entgegnete dann dem vorsitzenden Richter, dass er wohl fälschlich der Meinung war, dass es sich bei der älteren Dame um die vom Gericht beru-fene Bausachverständige gehandelt hätte.)

System : Quotenfrauen- Anteil ! Perverse Variante.
Für Frauen an der Macht ist es auch möglich, sich vollkommen bildungsfern verhalten zu können. Die schlichte Bundeskanzlerin eines Staates dieser Welt sagte zum Beispiel, befragt nach politisch wichtigen Inhalten zu einem Bundesland :

„Das Saarland ist das Saarland,
weil das Saarland das Şaarland ist."

Niemand im ganzen Land regte sich auf, auch wur-de diese Frau nicht umgehend in die geschlossene Abteilung einer Psychiatrie eingewiesen. Man stelle sich einmal vor, einen derartigen Blödsinn hätte ein Mann, ein Bundeskanzler, also ein „Vati" von sich gegeben. Diesen Mann hätte man in der Luft zer-fetzt, besonders die sogenannten scheinheiligen, aber kräftig Steuern hinterziehenden Frauenrechtle-rinnen und „Quoten- Damen". Als Frau in oberster

Führungsposition darf man scheinbar in vollkommene Umnachtung versinken. Also als „Mutti" zum Beispiel.

(Wie viele Kinder hat diese „Mutti" eigentlich ??)

Man kann beispielsweise für „Saarland" auch mal das interessante Wort „Freiheit" einsetzen. Upps.

Es ist an dieser Stelle auch darauf zu verweisen, dass die Nordkoreaner ihren Massenmörder- Diktator ebenfalls als „Mutti" ansehen / ansprechen. Ist diese Perversion noch zu überbieten ? Nein ! Aber man muss feststellen, dass der „Mutti- Faktor" funktioniert. Die Bevölkerung ist so konditioniert und sie gehorcht, widerspricht niemals. Seiner guten „Mutti" widerspricht Deutschland nicht. Die kann machen was sie will, sei es noch so desorientiert ! Andererseits kann dieses „Verhalten" auch in sich einen Zweck verfolgen, z. B. : Vernichtung des Landes !

Betrachtet man abschließend „mütterlich" so sind dort die Synonyme zu finden, wie :
fürsorglich / fraulich / aufopfernd / besorgt / gütig hingebungsvoll / liebevoll.
Wer will das in der „Macht" kommentieren ?
Natürlich wieder einmal keiner.
Im Augenblick sind wir ganz weit weg von jeglicher „Freiheit". Frauen in der Staatsführung bedeutet niemals auch nur einen Hauch mehr Scharfblick, Fürsorge oder gar „Freiheit". Frauen in der Politik verschärfen die Bedingungen der Machtpolitik. Es geht immer und ausschließlich um Machterhalt für die jeweils Machtgeile(n) selbst und es geht um die Einschleusung und Manipulation sehr vieler Ängste für die gesamte Bevölkerung (z.B.: Geldentzug/ JobVernichtung, etc..). Das gesamt Machtverhalten ist stets ausschließlich zerstörerisch.

Eine gefühlstote „Mutti" ist eben nur eine Hülle mit scheinbar weiblichen Äußeren, aber eben mit dem doppelten, vielleicht hundertfachen Hass und die unerbittliche Ausnutzung dieser vom Volk abgegebenen Macht, in jeglicher nur erdenklichen Richtung. Hinzu kommt dann noch die Klammerung an diese vermeintliche Macht bis zum vollkommenen, nicht mehr nachzuvollziehenden Schwachsinn.

Dann wird wieder verlogen geschworen :
„Zum Wohle des Volkes !"

Kluge Menschen- Wesen sagen an dieser Stelle :
„An ihren Taten sollen sie gemessen werden !"

Wurde das je auch so ausgeführt ? NEIN !
Wurde jemals Politik hinterfragt ? NEIN !
„Freiheit" und ein wenig Lebensfreude für das pervers missbrauchte Volk ?   Fehlanzeige !
Wieso auch, das Volk gehorcht auch so. Immer !
Für einige Spinnen ist das Männchen lediglich ein Appetithäppchen, welches netterweise so gut ist und sich selbst zur Schlachtbank begibt. Für die Machtpolitiker, die Manager, die Kirchenoberen, ist dies die Bevölkerung eines jeweiligen Landes.
Was ist dann das steuerzahlende Volk für eine soziopathische Macht- Mutti aus der Stasi- DDR ? Es wäre längst an der Zeit, dass Politiker nachweisen müssten, dass sie überhaupt über die soziale Kompetenz verfügen, für ein Amt am Volk.
Ein schöner Traum !   Oder ?   „Demokratie ?"
Würde der Traum erfüllt, resultierte daraus natürlich, dass es innerhalb weniger Stunden keinen einzigen Politiker / Politikerin mehr in dieser Welt gibt.

Wie viel innige Liebe ist geblieben für das Wohl des Volkes, für eine echte Fürsorge, für die Pflicht in Demut zu dienen, wie doch so gern auf die Bibel geschworen wird ?   Aber aus der „BIBEL" strömt auch nur, Ozeane füllend, Kriegs- und Mordblut.

„Macht" und „Freiheit" sind zwei, in dieser negativen Illusion, dieser Scheinwelt, niemals zusammen passende Inhalte. So ist es auch bestimmt worden.

„Freiheit" setzt voraus, dass eine wirkliche Füh-
rungspersönlichkeit auch die geistige Ausgeglichen-
heit und Stärke in sich trägt, sich nicht von Kindes-
beinen an schon korrumpiert haben zu lassen. In
dieser Welt der Nicht- Seelen- Menschen ist diese
Stärke in der Politik fast nicht zu finden, ebensowenig wie sie in fast allen hohen Posten nicht zu
finden ist, da man sich untereinander erkennt, da
man ja miteinander „redet" und sich unter den mas-
siven, großen, schwarzen Tischen „abstimmt".

„Freiheit" setzt voraus, dass es eine Weltregierung
gibt, die nicht und niemals aus machtgeilen Politikern besteht, sondern aus in sich ruhenden Wissenden, aus Seelen und höheren göttlichen Energien.
(ein Wissender hat nichts und niemals mit Religionen zu tun. Ganz im Gegenteil. Ein Wissender ist
jemand, der die Illusion erkannt hat und der sämtliche Religionen und sämtliche Varianten der Politik
rigoros ablehnt).
Erst dies könnte garantieren, dass ein Anfang für
ein zartes Pflänzchen von „Freiheit" gewährleistet
werden würde. Es setzt aber auch voraus, dass alle
Nicht- Seelen sich an die „neuen Gesetze der Gemeinschaft" halten. Das gibt einen Aufschrei in dieser Welt der Verfilzung. Ebenfalls setzt es voraus,
dass alle Waffen der gesamten Welt umgehend vernichtet werden, also vollständig entsorgt.
Krieg und Mord sind niemals eine Option.
Wieso sind eigentlich Leute an der „Macht" und
sagen dann auch noch, dass sie jetzt endlich an der
Macht sind und dass sie schon immer an die Macht
wollten, koste es was auch immer es wolle ?
Wieso wählt das Volk solche ganz offensichtlichen
Soziopathen ?
Sie sagen nie, dass sie sich als Diener der Gemeinschaft fühlen und das ihr innerer Machtdrang, sich

für die Gemeinschaft aufzuopfern, sie etwa an die „Spitze" drängte. Dies alles sind nicht ihre Intensionen. Sie sagen auch niemals, dass sie ab jetzt eine saubere und gerechte Politik für das ganze Land, für die ganze Bevölkerung machen wollen, also dass sie die Harmonie in der Gemeinschaft sehen und diese konsequent fördern werden. In keiner einzigen Partei findet man, sich an der sogenannten „Macht" Befindende, die genau für diese Gerechtigkeit, für die Harmonie, antreten würden. Diese Damen und Herren wollen lediglich ihre eigene Machtgeilheit befriedigen. Es geht um Egoismus, nur um Egoismus.

Das ist ekelhaft, und immer wieder ekelhaft.

Die Macht- Menschen wollen ihren dicken Edelwagen haben, sie wollen dicke fette Schwarzgeldkonten für sich. Sie scheißen ganz offensichtlich auf das Volk, ja sie verachten das Volk über alle Maßen und unverhohlen. Sie wollen an die „Macht" aus purem Egoismus, aus Selbstbefriedigung. Sie wollen ihren Macht- Orgasmus. Alle anderen Menschen sind ihnen vollkommen egal. Sie sehen auch keine Verpflichtung des Dienens in ihrer Aufgabe, schon gar keine Transparenz. Sie werden auch nicht zur Rechenschaft gezogen, obwohl sie nur Angestellte des Volkes sind. Sie können auch nicht gefeuert werden. Sie haben, einmal ins Amt gekommen, wie auch immer, vollkommene „Narren- Freiheit". Eine scheinbare „Freiheit". Somit ganz eindeutig keine „Freiheit". Sie leben einen Irrglauben !

Sie legen ja auch ihren Amtseid ab. Damit ist der dann schon einmal weg und stört nicht mehr.

In der Natur sagt man herrscht das Recht des Stärkeren. Die Macht- Menschen halten sich an den Herrn Darwin. Sie hätten sich besser mit Salomonis beschäftigen sollen. Salomonis / An die Tyrannen, richtig gelesen und verstanden, lässt einem geistig interessierten Macht- Menschen das Blut in den Adern gefrieren. ...... *„Habt Gerechtigkeit lieb, ihr Mächtigen, ... !"* ......

Aber wollen die Macht- Menschen so etwas lesen ?
NEIN !
Wollen sie über Gerechtigkeit nachdenken ?
NEIN !
Stimmt es überhaupt, dass der Stärkste obsiegt ?
NEIN !
Der angeblich Stärkere, der sich dann als Unter-
drücker herausstellt, als korrupt, als hinterhältig, ist
er / sie mit seiner / ihrer Brutalität und offenkundi-
gen Mordlust im Recht ? Wo soll da so etwas wie
Stärke zu finden sein ?
Ist dies die vielgelobte, hochgejubelte, unendlich
beschworene DEMOKRATIE ?

Die Kains- Energie, die innewohnende Energien der
Nicht- Seelen- Menschen, hält dies bis einschließlich
heute immer noch für einen gangbaren Weg. Sie
werden, jeder Einzelne, zu bezahlen haben, an einer
Zahlstelle, an der alles Geld der Welt nicht zählt. Sie
werden von ihrem eigenen Gott verraten werden, da
MARDUK (sein Name ist auch : Gott / Allah / Satan,
etc...) das pure Böse ist. Es wird dann zu spät sein
einmal über ihren Aufenthalt nachzudenken.
Einfache Menschen- Wesen sagen : „Wie konnte
Gott / Allah dies nur zulassen ?", wenn mal wieder
Millionen Menschen dahingemetzelt werden von anderen wundervollen Menschen. Würden sie einmal
ihre Gehirne gebrauchen, so wüssten sie, dass dies
alles ihr GOTT hat durchführen lassen. Wie immer !

(siehe : ENUMA ELISH und selbstverständlich
immer wieder, die Bibel !)

Welcher zurückgebliebene Machtgeile hat diese
primitive Entdeckung gemacht und auf die Krone
des Universums, auf den sogenannten „Modernen
Menschen" übertragen ?
Der „Moderne Mensch" ist in seiner geistigen Entwicklung mehrere Milliarden Jahre zurück. Somit

vom „Modernen Menschen" nicht die allerkleinste Spur. Der Neandertaler war wesentlich weiterentwickelt als der heutige „Moderne Mensch". Er wurde überrollt und ausgerottet von der „Kains- Menschen-Maschine", dem „Modernen Menschen".

Wie lange hält sich der „Moderne Mensch" noch, wenn die Roboter erst einmal loslegen. Es ist ein grober Fehler zu glauben, dass es die „Künstliche Intelligenz" gibt. Die Roboter werden immer von sogenannten „Modernen Menschen" programmiert, somit weiterdenkend, von den Energie- Wesen, die sich den „Modernen Menschen" herstellten. Somit doch eher von den Götter um MARDUK ?

Oder gar, in Mitwirkung, von den Göttern der Unterwelt um „Mutter Chubur" ?

Der „Denkende Mensch" sollte doch auch ab und zu einmal seinen Kopf zum nachdenken benutzen, sonst bringt das ja alles gar nichts.

Bei dem sogenannten „Recht des Stärkeren" in Teilen der Natur, geht es nicht um Führungsqualität, sondern immer nur um die Fortpflanzungsqualität, also um die Qualität der Hülle in einer Umgebung der negativen Energien. Die Fortpflanzung ist eine der größten Lügen der satanischen Energien. Die Fortpflanzung spielt in der „geistigen Entwicklung" überhaupt keine Rolle. Man versucht die Hüllen intakt zu halten, weil ihr GEN- Code fehlerhaft, unausgewogen, nachlässig, zerfallend und primitiv ist.

Die sogenannte „Schöpfung" ist ein Fake. Die Götter der Schöpfung, selbst nur Zerfallsprodukte, sind eindeutig nicht in der Lage ewige Hüllen zu erschaffen, sie sind allesamt Krüppel der „Mischwasser", und sie sind ebenfalls niemals „Frei"!

Der „Denkende Mensch" sollte immer an der Spitze der Verantwortung für den Planeten und alle anderen Wesen stehen, nicht an der Spitze der Zerstörung des Planeten, ja weiter, des Universums.

„Macht- Menschen" sind immer sozial primitive, und wie man seit Jahrtausenden begriffen haben sollte, ausschließlich ichbezogene Nicht- Seelen- Menschen, da sie in ihrem Inneren immer nur die Abkömmlinge der „Kains- Energie" sind und garantiert nicht die der echten göttlichen „Abel- Energie", wie sie teilweise zu hoffen versuchen. Könige und Politiker, die glauben von Gottes Gnaden eingesetzt zu sein, haben schon in gewisser Hinsicht recht, aber leider handelt es sich um die Götter der Anomalie, die Götter der „unendlichen Schrecken".

Kain- und Abel- Energien waren <u>niemals</u> Brüder.

Macht- Menschen sind und bleiben immer Mörder! Sie wollen die Macht nicht abgeben, noch sonst irgendetwas. Sie wollen nur haben und besitzen. Sie sind zu dumm um zu begreifen, dass genau das gar nicht geht. Es interessiert sie auch nicht, dass alles Materielle vollkommen unwichtig ist. Da sie aber nicht wissen, was sie sonst machen sollten, klammern sie sich an etwas, was sie für Macht halten. Sie sind geistig arme und leere Kreaturen. Sie sind vollkommen leer. Schaut man in sie hinein, so ist da nichts, nur tiefschwarzer Hohlraum. Das „Nichts".

Erstaunlich ist dann weiter zu beobachten, dass sie mit der „Macht", die sie scheinbar an sich gerissen haben, selbst nichts anzufangen wissen, da bereits andere Mitspieler sie schon verplant haben, die mit der anderen scheinbaren Macht, mit der „Macht des Geldes". Die kleinen Machtpolitiker sind fast alle arme, verblödete Schlucker und billig zu haben, was immer und zu jeder Zeit lächerlich zu beobachten ist. Da wird schon mal schnell aus einem möchtegern Macht- Politiker der Gasableser für einen Diktator, für einen eindeutigen Massenmörder. Es ist dem einen oder anderen egal. Sollte es aber nicht sein. Klar ist, dass alles immer Konsequenzen hat.

Insofern gibt es für die „Macht- Menschen" keine auch noch so kleine „Freiheit", die haben sie längst meistbietend billig verkauft an ihre scheinbaren

„Geld- Macht- Freunde". Doch die eiskalten Geld-Macht- Typen verachten zutiefst die immer käuflichen Politiker- Typen, welche einer Schein- Macht hinterher jagen, die sie niemals erreichen werden.

Der Macht- Mensch ist stets ein Schlichtdenker. Er glaubt die Abläufe kontrollieren zu können innerhalb seines angeblichen Macht- Territoriums, merkt dabei aber nicht, dass er in allem kontrolliert und benutzt wird. Er wird durch das Geld gesteuert, lässt sich machttrunken steuern, immer für Geld und anderen Dreck. Er hat es mit Seinesgleichen zu tun, also mit dem allerschlimmsten „Macht- Gift" einer Gesellschaft, mit Bankern, mit Managern, „befreundeten" Politikern und Kirchenfürsten, mit Chemiekonzernen, mit Rechtsverdrehern, mit Lügnern allerschlimmster Couleur, und so weiter..... .

(kleiner, leider wahrer Polit- Spruch :

Feind / Erzfeind / Parteifreund !)
Kann man noch tiefer sinken ?

NEIN !

Noch tiefer kann man nicht sinken. Jegliches Machtstreben ist der Bodensatz einer Güllegrube, und hier wird gefressen, was bei einer Kanzlerin hinten herauskommt. Die allerdings frisst den ganzen Tag nur das, was bei den Manipulatoren des Geldes hinten herauskommt. Sie selbst behauptet auch ständig :

„Wichtig ist nur, was hinten herauskommt !"

Dies alles möchte man sich einfach nicht vorstellen.

Kotz ! Kotz ! und nochmals Kotz !

Jedes doofe Kind weiß ganz genau was hinten herauskommt !   (Sprache ist eben verräterisch !)

Gesegnete Mahlzeit, all ihr Schein- Mächtigen !

Im Übrigen ist ausschließlich wichtig, was die Welt in jeglicher Weise in Harmonie verbringt. Erst hieraus resultiert dann der Weg zur „FREIHEIT !"

Die echte göttliche Energie hingegen ist die Energie der göttlichen Harmonie. Dies ist der einzige Weg, der es wert ist, ihn zu beschreiten. Die Menschen-Wesen sollten sich endlich auf den Weg machen.

Macht- Menschen- Wesen wussten noch nie, was wichtig und vor allem, was richtig ist. Es ist ihnen auch vollkommen egal, sie stehen nur auf Mord und Gier und geldverklebten Scheuklappen.

Macht- Menschen bauen nichts auf um es zu entwickeln, zu schützen und es wachsen zu lassen, sie zerstören nur. Sie reden von Klimakonferenzen und treffen sich permanent an unterschiedlichen Orten der Welt, fliegen mit Tausenden Flugzeugen durch die Gegend, verpesten diese Welt und das Klima in jeglicher, unsäglicher, unerträglicher Weise.

Aber es kümmert sie nichts, sie stehen auf dem gleichen Niveau wie ihre Milliarden Nicht- Seelen-Sklaven, die ebenfalls auch nichts kümmert.

Ein skurriler Witz zum Schluss dieses Kapitels :

„Es war einmal ein „freies" Menschen- Wesen ... !"

Das INTER- Manipulations- und Überwachungs- NET(Z)

das totale Überwachungsnetz,
die labyrinthisch versklavenden Energie- Schlingen

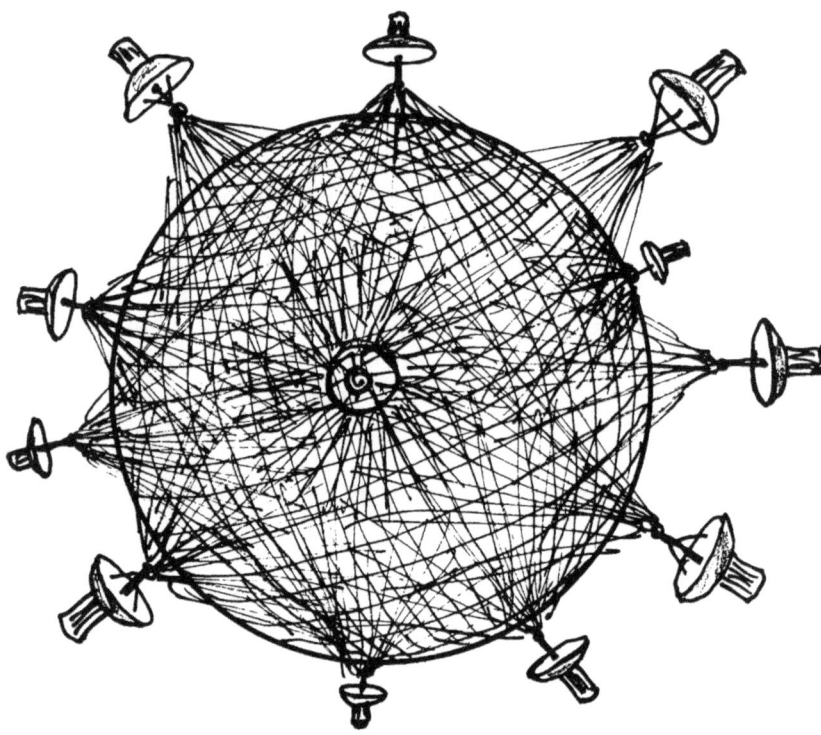

Dieses INTERNET, dieses alles umspannende Netz, wird
enger und enger gezogen. Die Maschen werden gleichzeitig kleiner und kleiner. Wer bis zu diesem Zeitpunkt
noch nicht begriffen hat, dass es „Freiheit" nicht gibt in
dieser Variante, der wird jetzt hoffentlich aufwachen.
Es sieht in dieser Richtung des Weges, nicht gut aus für
den „Menschen". Ab jetzt übernimmt die nächste Stufe
der sogenannten „EVOLUTION", die ROBOTER.
Die Menschen- Wesen haben sich selbst abgeschafft. Sie
haben nicht begriffen, dass es „EVOLUTION" nicht gibt.

– VI –
„frei" und „Freiheit"
in den Religionen,
in den „Kirchen- Perversionen"

Religionen. Sie halten sich alle für Vertreten irgendeines Gottes, hier in der Illusion dieser Welt, aber
sie stellen Regeln auf und sie bestimmen was die
Menschen- Wesen zu glauben haben und was nicht
und wie sie zu glauben haben. (was ist mit der so
weltweit beliebten, hochgehaltenen „Freiheit" ??).

Bedauerlich ist festzuhalten, sie sind alle besessen
von Macht und Gewalt, von Gier, von Geld, viel Geld,
immer mehr Geld. Sie sind alle im Macht- und Geld-
rausch, diese selbsternannten Religionsführer, die
Kirchenführer u. – fürsten dieser Welt, und sie sind
alle weit weg von dem echten, ewigen göttlichen
Energie- Wesen, haben nicht die geringste Ahnung
von ihm. Sie wollen, dass nur ihr „Gott", den sie da
angeblich anbeten und in dessen Namen sie die
Gemeinden schröpfen, ihnen ihre Wünsche erfüllt
und dass er an ihrer Seite steht, alle anderen, ihnen
nicht Gehorchenden sofort niedermetzelt.

Sie beten also alle irgendeinen „Mörder- Gott" an.
Einen „Gott" der Rache und des Gemetzels (Heiliger
Krieg, etc..). Von Harmonie und Liebe ist da nicht die
geringste Spur. Und die „Religionsfreiheit" ? ?

„Religio" soll soviel bedeuten wie „Gottesfurcht".
Stimmt aber so nicht. Korrekt übersetzt bedeutet
es : „Fürchtet euch stets vor den Legionen des RE !"

Es wird aber auch noch anders betrachtet, nach
dem Rhetor Lactantius : Religion von „religare". Diese Bedeutung steht für : „binden kommen". Die
Menschen- Wesen sind in dieser Betrachtung mit

115

„Gott" durch ein Band der Frömmigkeit verbunden. Hier entwickelt sich die Sache ähnlich. Es geht um Anhaftung an den sich einzigartig darstellenden „Gott". Es geht wieder um die höchste, negativste Universums- Energie, um MARDUK, oberster aller Schein- Götter, mit den unendlich vielen Namen. Doch der Gott MARDUK, der Despot, versteht keinerlei Spaß. Also ist Vorsicht angesagt. In dieser Welt der Menschen- Wesen existieren sehr viele, unendlich viele Namen für MARDUK.

(siehe : ENUMA ELISH)

Das sogenannte „Band der Frömmigkeit" kennen wir auch, es trägt bei uns die Bezeichnung „DNS, die Doppelhelix, der Code der Hülle (Körper). Ein Band, welches jede Menschen- Wesen- Hülle scheinbar fest im Griff hat. Aber eben nicht vollständig.

Was befindet sich in dieser Menschen- Hülle ?

Welche Energie lässt die Hülle scheinbar „lebendig" erscheinen ?

Das ist die wirkliche, eigentliche, notwendige Fragestellung um langsam vorwärts zu kommen.

Es sind zwei Füllungen in diesen Menschen- Hüllen zu betrachten. Zum einen die Seelen- Energien. Was aber viel schlimmer in der Täuschungs- Energie dieses „Blauen Schein- Planeten" ist, es gibt auch noch eine Überzahl an Nicht- Seelen- Energien, sie beträgt in dieser Welt etwa 99,9 %.

(eine interessante Zahl !)

Die Seelen stehen in direkter Verbindung zur echten göttlichen Energie, da sie den göttlichen Energien selbst entstammen, allerdings hier in Gefangenschaft und Manipulation. Bei der zweiten Hüllen- Füllung handelt es sich um satanische Nicht- Seelen- Packungen, die keinerlei Verbindung, auch nicht durch vorgetäuschte Scheinfrömmigkeit, mit der echten göttlichen Energie haben, mit dem „Geist über den Wassern".

Betrachtet man noch einmal die oben angeführte sogenannte Gottesfurcht, so kommt der Zug nicht nur ins stocken, er fährt seit langem, bereits unter Volldampf, in die falsche Richtung, somit in Rückwärtsfahrt, direkt auf das „Nichts" (Apokalypse) zu.

Es ist auch hier zu sehen und zu verstehen, das die Energien „Furcht" und „Freiheit" nicht derselben Quelle entspringen können, sondern unterschiedliche Ursprünge in sich tragen. Die „echten göttlichen Energien" sind die Energien der Liebe und der Harmonie und sie sind somit Teil die Ewigkeit. Sie sind absolut nicht Teil der Illusions- Energien : Furcht, Ängste oder Hass. Diese sind lediglich Täuschungen, sind Teile der Materie, der Selbstzerstörungen.

Die Energien der Furcht und die Energien des Hasses, finden wir ausschließlich in den sogenannten satanischen Energien, also in den Energien der Anomalie, der Illusion. Sie sind somit nur in diesem Universum der Täuschung zu finden. In diesen Energien werden hochnegative Götter angebetet, wie : Geld, Macht, Hass, Besitz, Gier, Mord, Krieg, Zerstörung und vieles, vieles Unsägliche mehr... .

Religionen, die in sich Verbote und Ängste tragen, sind immer perversen, satanischen Ursprungs. Religionen, die Vorschriften und Rituale fordern, sind immer satanischen Ursprungs, niemals echten göttlichen Ursprungs. Wie auch, sie dienen MARDUK !

Ein wirklicher „Mensch Gottes" verklebt sich nicht bedingungslos mit Besitz und er trägt keinerlei Richten in sich. Er haftet dieser skurrilen Welt- Illusion nicht an und er kennt kein unkontrolliertes sexuelles Verlangen, also sexuelle Perversionen (Pädophilie, Macht, Kontrolle, Tötungslust, etc....), da er um das Unnütze in der Scheinmaterie weiß. Seine komplette Ausstrahlung ist ausschließlich die der göttlichen Liebe und er ist in der göttlichen Harmonie verankert. Sein ganzes inneres Streben in dieser Illusion ist ein Streben nach geistiger Entwicklung und innerer Stille und Harmonie, und sonst nichts. Er lebt selbstverständlich als „Menschen- Wesen" in dieser Illusion, wie auch sonst, zumal er ja in eine Menschen- Wesen- Hülle gepresst wurde, aber er verhält sich gänzlich anders als die Milliarden Nicht- Seelen- Menschen. Er ist sich der „Leerheit" dieses Schein- Universums, dieser „Welt" bewusst, kann somit beginnen zu erkennen.

Die Seelen- Menschen haften niemals in dieser Materie an, sobald sie die Illusion erkannt haben.

Gibt es einen einzigen „GOTT" in dieser Anomalie ?

Es gibt viele „Schein- Götter", aber keinen einzigen „echten ewigen GOTT der Harmonie", in diesem vergifteten Illusions-Universum, dieser Anomalie, dieser verbotenen Mischwasser- Vergiftung !

Es gibt eine benannte „göttliche Energie", möglicherweise sogar unterschiedliche „göttliche Energien", die in nichts personifiziert sind und für unser Vorstellungsvermögen, die wir uns hier in der Illusion befinden, befinden müssen, in dieser Materie, unfassbar und von uns in nichts greifbar, somit auch nicht beschreibbar sind. Diese göttlichen Energien sind die pure göttliche Liebe und das göttliche Licht und die göttliche Harmonie und die göttliche Ewigkeit und vieles mehr. Diese göttliche Liebe hat allerdings nichts mit dem zu tun, was hier in dieser Welt fälschlich mit „Liebe" bezeichnet und für „Liebe" gehalten wird.

Den Menschen- Wesen wurde eingegeben, dass Liebe auch etwas Körperliches sein kann, dem ist nicht so. Ganz im Gegenteil, es ist Verklärung der wirklichen, echten Liebe, somit Blasphemie. Was die Menschen- Wesen für „Liebe" halten ist fast ausschließlich Sex. Hier entstehen dann so dümmliche Sätze wie : „Wir machen jetzt Liebe."

Geht es noch blöder ? Wahrscheinlich, ja !

Die echte Liebe fühlt man ab und zu in sich, wenn man an seinen echten eigentlichen Ursprung denkt, an das wahre „Göttliche", den harmonisch führenden, ewigen „Geist über den Wassern".

Der Seelen- Mensch weiß in sich, dass dort etwas existiert, was nichts zu tun hat mit permanentem

Morden, mit Hass mit unnützen Ängsten, mit Geld, mit Versklavung jeglicher Art, etc... , sondern ausschließlich mit geistiger Entwicklung.

Alles was wir, hier in dieser scheinbar wirklichen Welt, für „real" halten, halten sollen, wird im ENUMA ELISH als „die Mischwasser" bezeichnet und beschrieben, für die schlimmste Manipulation der hochnegativen Energie- Einflüsse.

(siehe dazu Kapitel – VII –)

Es gibt Religionen ohne Gott, und oft wird die Gott-Figur auch in zweckdienlicher Beschreibung als ein „Spätling in der Religionsgeschichte" bezeichnet, wie hier von – van der Leeuw –. Diese Art der unnützen Beschreibung zeigt in sich bereits eine hohe Distanz zur echten göttlichen Energie. Die echten göttlichen Energien und –Wesen stellen die Basis aller Gedankenenergien dar. Wer da denkt und in wessen Gedanken sich die eigenen Gedanken befinden, kann erst einmal nicht nachvollzogen werden, möglicherweise nicht einmal mehr durch die göttlichen Denker selbst. Fakt bleibt aber, dass sich Gedankenenergien in höchsten Energien befinden müssen. Man sollte einbeziehen, dass der „Geist GOTTES" über den Wassern schwebt. Diese klare Beschreibung taucht öfter auf und sie ist in sich abgeschlossen logisch. Die echte, eigentliche Trinität lautet somit :

GEIST (GOTTES) über den Wassern,
APSU und **TIAMAT**
(in Reinform, als unvermischte Wasser !)

Wichtig ist auch zu verstehen, dass die drei Energien immer strikt voneinander getrennt sind.

Diese Situation finden wir hier in dieser Anomalie, diesem Universum nicht vor. Es kam zur Katastrophe. Die Wasser wurden missbraucht, gemischt, vergiftet, versklavt, zerstückelt, manipuliert, verstreut.

Es gibt auch Glaubensrichtungen an eine nicht zu beschreibende, seltsame, ja an unterschiedliche „Mächte".

Von einem Gott oder gar von Göttern wird erst gesprochen, wenn diese Mächte Gestalt und Programm (-ierung) erhalten. Es muss dann aber gefragt werden, für wen genau dies von Vorteil ist und wie mit den wunderlichen „Göttern" hantiert wird.

Wer erschafft welche Götter ?

Welche Scheingötter erschaffen nur minimal unterschiedliche Religionen und zu welchen Zwecken ?

Natürlich zu ihren eigenen Vergnügungen !

Wo und an welcher Stelle finden wir „Freiheit" ?

Ist „Freiheit" überhaupt ersehnenswert ?

Wie soll dann diese „Freiheit" aussehen ?

Sobald „Menschen" mit im Spiel sind, wenn es um die Installation einer neuen Religion geht, dann muss man schon genauer hinschauen, mit wem man es da zu tun hat, wer der oder die angeblichen Propheten sein sollen, die durchgeistigten scheinbaren Heilsbringer. Erstaunlich ist, dass diese sogenannten Propheten meist vorher brutalste Nicht-Seelen- Menschen waren, derer sich ein „Gott" bediente. Haben aber die Religionen keine Probleme mit, passt zu ihrem Mordverständnis.

Heute finden wir allerdings die meisten Propheten an den Börsenplätzen dieser Welt. Sie huldigen dort ihrem obersten Gott, dem Geld. Es ist ja längst die oberste Religion dieser korrupten, durchgehend versauten Welt, mit vielen Millionen Geld- Tempeln.

Wieso müssen Banken überhaupt Steuern zahlen, wo sie doch das größte Heiligtum sämtlicher Staaten dieser Welt darstellen, und sie somit straflos tun und lassen können was immer sie wollen ?

Wieso laufen sie nicht, wie alle anderen Sekten und Killerorganisationen unter „Religionsfreiheit" ?

Die letzten großen Religionen wurden ausschließlich durch anomalische Energien gesetzt. Alles brutale Gier-, Macht- und Mord- Religionen.

Der Jesus- Christus wurde von seinen Jüngern verkauft und verleugnet. Keiner der zwölf sogenannten Jünger stand bedingungslos an der Seite des Christus- Wesens. Man kann davon ausgehen, dass sie nicht im Geringsten begriffen hatten, wer das Christus- Wesen eigentlich war und was für sie alle der Aufenthalt in dieser Illusion bedeutete. Die „Jünger" hatten allesamt nichts verstanden.

Wie war das möglich?

Bei der Gründung des katholischen Imperiums bediente man sich des Christus- Prinzips. Bei der Gründung einer „Religionsgemeinschaft" handelt es sich um ein Macht- u. Geschäftsmodell und um sonst nichts. Es geht ausschließlich um viel Geld, letztlich Welt- Macht- Streben und Kontrolle über Milliarden Menschen- Trottel, weit über die Grenzen einfacher Staaten hinaus. Wieder einmal geht es nur um Weltherrschaft. Allemal geht es nicht um „Freiheit" für alle Menschen oder gar um ein erfülltes Leben, um Glück, um Entsklavung, oder noch weiter gedacht um geistige Entwicklung, etc...

Wieder und wieder geht es immer nur um die unsinnige „Weltherrschaft", um Landbesitz, um materiellen Besitz, somit lediglich um Illusion. Die heutigen Religionen / Sekten sind nichts anderes als gewalttätigste Versklavungs- Unternehmen, die alle von der Steuer befreit sind, sich hinterhältig raffiniert als „Kirche" bezeichnen, sonst nichts. Es sind ausschließlich Macht- und Killerorganisationen.

Kann man aus dem Islam austreten? Einfach so?

Zahlen die Katholiken gute Löhne?

Speisen die Religionen mit ihren Milliarden- Geldern all die Hungernden der Welt??

Glaubt etwa jemand daran, dass diese geldgierigen Sekten den Menschen Licht, Liebe, Harmonie, Glück und Zufriedenheit und „Freiheit" bringen wollen?

Wo finden wir die Hinführung dieser „Kirchen" und „Sekten" zur vollkommenen „Freiheit", zu geistigen Erkenntnissen für jeden Einzelnen?

Wie führen diese Sekten ihre vollkommen „freien" Mitglieder und Mitgliederinnen zur vollkommenen göttlichen Liebe, zur absoluten Angst- Freiheit und Selbstentscheidungs- Freiheit?

Was steuern die diktatorischen Religionsunternehmen zur Verbesserung der Lebensbedingungen in dieser Welt, dieser Illusion bei?

Kaufen sie Regenwälder von den Milliarden Euros? Speisen sie die vielen Armen großzügig?

Beteiligen sie sich an der Reinigung der Weltmeere bedingungslos mit all ihren gestohlenen Vermögenswerten?? NEIN!

Wozu benutzen diese Kirchen- / Sekten- Unternehmen das viele gestohlene Geld, obwohl doch klar ist, dass Geld niemals zu keinerlei echter geistiger Entwicklung nutze ist? Eigentlich sollten sie das doch als kleinste Mindestbedingung wissen!

Trennt sich der Papst, trennt sich der Islam von allem materiellen Gütern und Waffen?

An welcher Stelle setzen diese eiskalten und innerlich vollkommen toten Sekten- Führer und Kirchen- Manipulatoren das „Menschen- Recht" auf vollkommene „Freiheit" und „Religionsfreiheit"?

Wo finden wir die angestrebte „Freiheit" in diesen doch eindeutig pervers zu nennenden sogenannten Kirchen- und Religions- Strukturen?

Warum unternehmen die Regierungen der Staaten nichts gegen diese verbrecherisch agierenden Religionen und Sekten, zumal diese auch staatsuntergrabend in tiefdunklen „Gebetsräumen" wirken?

Wer wird von diesen mafiosen Strukturen alles geschmiert und gekauft in den dreckigen Sümpfen der Geld- Macht- Religionen- Politik- Parteien?

Im Popol Vuh, dem heiligen Buch des Rates, dem großen Mythos und der Geschichte der Maya (fast vollständig ausgerottet und mit allerbrutalster Niedertracht vernichtet durch die katholische Kirche), kann man lesen:

*„Da war das ruhende All. Kein Hauch.
Kein Laut. Reglos und schweigend die Welt
. . . . . "*

*„ . . . aber im Wasser, umflossen vom
Licht, waren diese : TZAKOL, der
Schöpfer / BITOL, der Former / der Sieger
TEPEU und die Grünfederschlange
GUCUMATZ / ALOM auch und
CAHOLOM, die Erzeuger. . . . . . "*

Weit und breit ist da nichts zu lesen von einem gewaltigen Furz, von einem sogenannten „Urknall". Aber es wird klar und deutlich berichtet von unterschiedlichen göttlichen Energien und von der Hauptquelle allen Wirkens, dem göttlichen Licht, im Zusammenspiel mit den Wassern.
„Wasser und Licht" bilden die treibenden Gedankenenergien der Schöpfung auch in der Materie- Anomalie. „Wasser" als Informationsträger und „Licht" als einzige Quelle allen Schöpferischen.

*„ . . . TEPEU und GUCUMATZ kamen
zusammen und berieten sprechend. Sie
kamen überein und ihre
<u>Worte und Gedanken</u>
glichen sie aus.
Und sie erkannten,
während sie überlegten,
dass mit dem Licht
der Mensch erscheinen müsse. . . . . "*

(Siehe auch Rudolf Steiner / Bibl.- Nr.: 291 /
Die Hierarchien und das
Wesen des Regenbogens.)

Die echten göttlichen Energien wirken in Harmonie und im Einklang mit dem göttlichen Licht und sie schufen zwanglose Hüllen für die Seelen, zur ausschließlichen geistigen Entwicklung, in der Illusion.

Niemals taucht eine Idee von „Freiheit" auf.

Für die Idee der „Freiheit" bedingt es der „Unfreiheit" (Versklavung / geistige Vergewaltigung).

Die „Unfreiheit" findet aber bewusst nur in den satanischen, hochnegativen Energien statt. Erst in den unterdrückenden satanischen Energien wird deutlich, was unter „Unfreiheit" zu verstehen ist. „Unfreiheit" existiert lediglich in einer disharmonischen Illusion.

In den echten göttlichen Energien ist „Unfreiheit" ebenfalls nicht möglich, allerdings existiert in den echten göttlichen Energien auch somit kein eigentliches Aufbegehren nach „Freiheit".

Aus welchem Grunde auch ?

Freiheit ist nicht notwendig, wenn es die Unfreiheit nicht gibt. Für eine Seele bedeutet „Freiheit", ein Teil der echten göttlichen Energie zu sein, ihren harmonischen Ursprung zu erkennen, zu leben.

Was ist dann „Freiheit" in der göttlichen Energie betrachtet ?

„Freiheit" ist, wenn man sich in der echten göttlichen Energie aufhalten darf und wenn sich eine Seele, aber ebenso möglich eine Nicht- Seele, für die göttliche Energie entschieden hat, den richtigen Weg gefunden hat. Für die Seelen ist der richtige Weg bereits vorgegeben. Insofern haben es die Seelen wesentlich leichter, auch wenn sie dies, hier in der Illusion, noch nicht so richtig verstehen, schon gar nicht leben können. Die Seelen und auch die Nicht- Seelen befinden sich in „Freiheit", wenn sie die göttliche Energie erkannt haben, wenn sie in der Lage sind, sich von der satanischen Energie, den als leblos zu bezeichnenden Energien, nicht mehr anhaftend manipulieren zu lassen, nicht mehr täuschen zu lassen und wenn sie dann konsequent den echten göttlichen Weg des Erkennens gehen.

Der Buddha wurde geprüft und er erkannte die Manipulationen, trat ihnen entgegen, entlarvte sie und die satanischen, die disharmonischen Energien waren machtlos, zeigten ihr wahres Gesicht, zeigten ihre Leerheit, entlarvten sich selbst als Zerfallsprodukte, enthüllten ihre gesamten Schwächen, letztlich ihr „Nichtvorhandensein". Diese Illusion, dieses Schein- Universum ist nicht ewig. Wie auch ! Es ist leer und hohl. Es ist das „Nichts".

„ Und es trafen sich TEPEU und GUCUMATZ und sie beschlossen die Schöpfung, den Beginn des Lebens und die Erschaffung des Menschen. . . . . . vom Herzen des Himmels, HURACAN genannt. Seine erste Erscheinung ist der Blitz, CALKULHA, seine zweite der Donner, seine dritte der Widerschein. Diese drei bilden das Herz des Himmels.

Hier tritt die Drei wieder an als Dreiheit, als stabiles Dreieck. Ebenso verhält es sich, wenn man in die Hierarchien bei Rudolf Steiner eintaucht. Die ersten Hierarchien sind die Wesenheiten : die Seraphime, die Cherubime und die Throne.

Die heutigen „Menschen- Wesen", wenn man noch von „Menschen- Wesen" sprechen will, haben so gut wie keine Beziehung mehr zu den echten Energien. Die hier herumpatschenden Hüllen tragen in sich Nicht- Seelen- Füllungen, anhaftend in der Materie, in dieser Illusion, dieser Dualität.

Ihre vielen **Lieblingsgötter** heißen ausschließlich : Geld, Gier, Hass, Zerstörung, Macht, Manipulation, Unterdrückung, Ängste, Kontrolle, Missbrauch und

Mord und vieles, vieles Negative mehr.

Ihr Streben ist die Dummheit die in der Weltherrschaft steckt. Weltherrschaft ist gleich Unterdrückung, Gefangenschaft, die totale Unfreiheit, Versklavung. Jegliche geistige Entwicklung ist ihnen fremd und äußerst suspekt, ja, erfüllt sie mit Ängsten, die es bei scharfer Betrachtung nicht gibt.

Es ist immer wieder das berühmte „Cafe Verkehrt"!

„Freiheit" ist nicht ihr Lebensziel, falls sie überhaupt ein Lebensziel in sich tragen, welches über gut Leben, gut Essen und viel Geld verdienen, kaufen, konsumieren, mehr kaufen, hinausgeht. Sie wissen nicht was „Freiheit" durch „Erkennen / Verinnerlichen" bedeutet.   Ist ihnen eher zweifelhaft.

„Freiheit" bedeutet auch erst einmal sich loslösen von der Anhaftung in der Materie und es bedeutet intensive Betrachtung der äußeren Erscheinungen der Täuschung. Es bedeutet selbstständiges Erarbeiten der innere Ruhe und Vollständigkeit. Suche nach dem Sinn deines Aufenthaltes, hier in dieser Welt. Suche nach deiner eigentlichen Aufgabe.

Harmonie suchen und finden, mit allem was auf einem, Minute für Minute, einströmt.

„Freiheit" bedeutet den richtigen Weg suchen und finden, erkennen, verstehen, verinnerlichen. Jeder trägt in sich seinen eigenen richtigen Weg.

Vor vielen Tausenden Jahren waren es die Hohepriester, die in sich das Wissen um die richtigen Wege zur echten göttlichen Energie trugen und dies auch den Seelen vermitteln und weitergeben konnten. Auch verfügten sie über Kontakt über die Grenzen der Oortschen Wolke, dem übermächtigen Gefängnis, hinaus. Diese Möglichkeiten und Fähigkeiten wurden allesamt ausgeschaltete und neue Kontrollmechanismen wurden verschärft hinzugefügt.

Die heutigen sogenannten „Priester" und Kirchenkonzernmitarbeiter sind allesamt zu nichts mehr in der Lage, haben nicht die geringste Verbindung zu den göttlichen Energien, kennen sie auch gar nicht, da sie eingesetzte, hohle Marionetten des Allein-herrschers MARDUK sind. Diese Anhänger des Dua-lismus, also diese Anhänger der Scheingötter, Hül-len- Wesen der Materie, interessiert nur noch Geld, Macht und eine sogenannte abgesicherte Stellung mit viel Urlaub und noch mehr Geld. Alles andere ist ihnen vollkommen egal. Erkenntnis sowieso.

Beispiel : Zwei Pastoren in einer Spielshow wurden gefragt, was sie denn mit dem Geldgewinn machen wollten. Mit blitzenden Augen und Sabber in ihren Mäulern erklärten beide, dass sie Urlaub machen wollten und einer von ihnen wollte sich schnell ein neues Auto kaufen. Diese Männer Gottes hinterfrag-ten den „Gott" der in ihnen stecken sollte schon lan-ge nicht mehr. Sie hatten ihn wahrscheinlich noch nie hinterfragt. Pastor zu sein war für diese Typen eben nur ein gut abgesicherter Job. Sonst nichts !

„Habt Gerechtigkeit lieb, ihr Mächtigen der Welt !", spricht Salomonis zu den Tausenden Tyrannen die-ser Welt. Die beiden Pastoren konnten damit nichts anfangen. Sie waren bedauernswerte, leere Hüllen einer verwirrten energetischen Anomalie.

Leben entspringt ausschließlich der echten göttli-chen Energie und des echten göttlichen Lichts und der echten göttlichen Liebe. In der Illusion dieser Welt existiert kein Leben, nur der Traum vom angeb-lichen Leben. Doch das wahre „Leben" ist ewig.

„Freiheit" beginnt erst, wenn man dies verstanden und erkannt hat und dann in das Leben zurückge-führt wird. In dieser Illusion gibt es kein „Leben" und keine „Freiheit", dessen muss man sich erst einmal bewusst sein. Jeder Einzelne für sich.

Gibt es ein „Leben" vor dem Erkennen ? Nein !

Existiert Leben in dieser Illusion ? Nein !

Wie auch.

Man gelangt erst wieder ins „Ewige Leben", wenn man seine Hülle ablegen darf. Bis dahin sollte man die göttlichen Energien nicht versuchen, auch das sollte man längst verstanden haben. Selbstmord ist somit keine Option. Man soll mit wachem Verstand diese Illusion durchlaufen und man soll permanent an seiner Entwicklung arbeiten. Auch wenn diese Illusion selbst vollkommen sinnfrei ist, so kann man doch allein schon an dieser Erkenntnis arbeiten und sich selbst weiterentwickeln.

Welche Bedeutung letztendlich die „Freiheit" hat, muss ein jeder für sich selbst erkennen. Wenn man nur seine „Freiheit" sieht, dann liegt man bestimmt daneben. Es geht um die überfällige Erkenntnis des Ganzheitlichen. Hier in dieser Illusion ist zu beobachten, wie „Freiheit" missbraucht und zerstört wird durch ausschließlichen machtbesessenen Egoismus und durch Materialismus. Es ist aber auch zu beobachten, dass dieser Egoismus keine Stabilität in sich trägt und permanent in sich zusammenfällt, sich selbst abschafft. Mit „Ewigkeit" hat dies alles nichts zu tun. Es ist eben nur instabile Illusion.

Diese Illusion ist das „Leiden" pur. Seine Überwindung muss ein jeder selbst bewältigen. Man muss den Kern in sich selbst suchen und finden, muss Stück für Stück alle Ängste überwinden (Der Weg ist da wo die Angst ist !). Eines ist aber auch sicher, in jedem, ob Seele oder Nicht- Seele, ist der Kern des Erkennens vorhanden, zumal dieser Kern immer mit den Wassern (APSU und TIAMAT) zu tun hat, somit auch ein fester Teil der Hüllen ist.
Eine Tatsache, die den Schein- Götter sehr schwer zu schaffen macht, ja stark missfällt.

Wieso sprechen Könige und Würdenträger so oft von sich in der dritten Person ?
Wieso sagen sie wir ?
Spüren sie tief in sich, dass sie nicht allein über ihre Menschen- Hülle verfügen, dass sie selbst es

gar nicht sind, die da regieren und agieren. Ist es gar ein Wesen in ihnen, dass ihre Menschen- Hülle benutzt und mit dieser macht, was immer es will ? Wer nimmt sich da die „Freiheit", hier in dieser soge- nannten Welt, zu tun und zu lassen, was immer es will ?

ZAHLENMYSTIK

Die Zahlen 300 und 500.
In der biblischen Zahlenmystik steht für den Zahlenwert 300 der „Geist Gottes"
Ruach elohim = 200 – 6 – 8 – 1 – 30 – 5 – 10 - 40

300 und 400 stehen für Shin und Taw, sie bilden den Namen Scheth, Sohn des Adam. Seth wurde erzeugt für den erschlagenen Abel, als Grundlage aller Generationen (GEN : 4,25 / 5,3)
(GEN- CODE !)

Dieselbe Grundlage zeigt sich im Grundstein der Schöpfung, in Schethi- jah.
Jah = Kurzform des Gottesnamen

Schethi- jah ist somit der Schöpfergott (APSU).

Das Wort GENESIS und das Wort GENE liegen sehr, sehr eng zusammen.

Als SEELEN sind die Abkömmlinge (Hüllen- Füllungen) des Seth zu verstehen, welche in dieser Anomalie antreten gegen Abkömmlinge des Kain, somit gegen die Nicht- Seelen.

Wenn man anfängt in die Energien zu gehen auch in die Zahlen- Codes, dann kommt man zweifellos immer wieder zu den Wassern, zu den ewigen APSU und TIAMAT.

Doch es ist festzuhalten, dass die Anomalie selbst nichts weiter ist als eine seelenlose Entgleisung. Ein MARDUK hat keine Vorstellung von „Freiheit" oder „Frieden", zumal er selbst randvoll zugeschüttet wurde mit den allerperversesten Schrecken der Unterwelt, deren Herrscherin Mutter CHUBUR ist und unter deren Macht er stets stehen wird.

– VII –
„frei" und „Freiheit"
die Ausschaltung jeglicher „Freiheit"
von Beginn an, verdeutlicht durch das
„ENUMA ELISH",
und durch den „PSALM 73",
und durch das
„LANKAVATARA SUTRA"
und durch „Kain und Abel"
ebenso sind die griechischen Götter
nicht zu vernachlässigen
und vieles mehr . . .

Als erste Frage sollten wir als „Menschen- Wesen"
uns dringend einmal stellen :
„In welcher Art Universum befinden wir uns ?"
Schnell stellt sich doch klar heraus, dass es sich
um ein endliches Universum handelt, somit nicht
um ein wirklich, echtes „göttlich ewiges Universum".
Dieses Schein- Universum ist nicht „ewig", sondern
nur pure Illusion (so die Aussage des Buddha) und
dazu auch noch eine hochnegative, vergiftete, manipulierte Anomalie (ein verbotenes Mischwasser).

Es scheint, als sei diese Frage bereits vor vielen,
vielen Tausenden Jahren beantwortet worden, wenn
man in die sogenannten „Mythen" eintaucht, die
sich als einzig ehrliche, wahre Geschichtsschreibun-
gen, hier in dieser „Welt", offenbaren.

Bedauerlicherweise werden die „Mythen" immer
noch von den „Machthabern", die sich in dieser Welt
austoben dürfen, nicht beachtet. Allerdings ist dies

auch klar zu verstehen, zumal sie in ihre Positionen eingesetzt wurden, wie Figuren in einem überdimensionalen Schachspiel. Oder denken Sie, ein Idiot wie „Hitler" oder dessen heutige Nachfolger rund um den Globus hätten sich allein in ihre Positionen der absoluten Macht manövrieren können? So wie sich diese Figur Hitler stets verhielt war klar, dass sie sich selbst gar nicht steuerte. All diese Manipulationen hätte sie selbst niemals durchführen können. Ebenso unlogisch ist anzudenken, dass intelligente Menschen- Wesen dieser pervertierten Figur freiwillig gefolgt wären. Betrachtet man die gesamte Geschichtsschreibung dieser Welt, so erkennt man das permanente Muster eingreifender Manipulation von außerhalb des Planeten.

Dieses Spiel, die „Welt", hat nicht nur vierundsechzig Felder wie ein normales Schachfeld, es hat viele Milliarden Felder und es ist dazu auch noch dreidimensional, vierdimensional, fünfdimensional, etc... . Das „Weltspiel" verfügt über viele, viele Tausende raffinierter Ebenen und Unterebenen, selbstverständlich verfügt es über Regeln und Regelbrechungen, dazu spezielle Regeln oder auch wieder keine Regeln. Doch es gibt nur einen obersten Spieler, der alles festlegt, duldet oder ändert oder vernichtet oder scheinbar gedeihen lässt. MARDUK. Er manipuliert die Wasser. Er existiert selbst aus den reinen Wassern, aber er ist eben auch millionenfach vergiftet und verseucht durch alle Schrecken der Unterwelt. Er existiert aber eben nur durch einen verheerenden Fehler, nur in dieser perversen Anomalie, nur in diesem Schein- Universum, als geistesgestörter Schein- Gott, zusammen mit vielen ähnlichen endlichen, unterwürfigen Schein- Göttern.

Dies zu erkennen ist die Aufgabe eines jeden einzelnen „Menschen- Wesens", hier in dieser Illusion, in diesem hochanomalen „Spiel". Aufgezeichnet ist die Entstehung dieser Anomalie, dieser Perversion, dieses Universums, im „E N U M A   E L I S H".

Bewiesen wurde die Korrektheit des **ENUMA ELISH** aus versehen durch Wissenschaftler, die keine Ahnung hatten / haben vom **ENUMA ELISH**, die aber entdeckten, dass sich materielles eingeschlossenes / gefangenes Wasser in Salzdrusen befand / befindet, seit der Entstehung dieses Universum, somit seit zirka vierzehn Milliarden Jahren. Oder noch viel, viel länger? Was ist Zeit? Was ist Wissen?

Dies ist meines Erachtens niemals vereinbar mit der Urknall- Theorie, welche sowieso auf der Kippe steht. Kaum jemand hält noch an ihr fest. Es verbleibt, als scharfsinnigste Quelle, das **ENUMA ELISH**.

Was ist das „E N U M A   E L I S H "?

Das **ENUMA ELISH** ist die Geschichtsschreibung der hochnegativen Anomalie, welche wir als „Unser Universum" bezeichnen, und welches niemals hätte hervorgerufen werden dürfen. Allerdings weiß niemand, aus verständlichem Grunde, warum der ewige „Geist über den Wassern", diese Anomalie, dieses überperverse Krebsgeschwür, weiterhin duldet, ja, überhaupt duldet, ja, seine Entstehung zuließ.

Natürlich hat es keinen „Urknall" gegeben, was auch schlecht möglich ist, zumal dieses „Universum" letztendlich eine Illusion, eine Täuschung, möglich auch „eine Energie- Teil- Spiegelung" ist. Es ist auch denkbar, dass alles nur ein falscher, kranker Gedanke ist. Wäre dem so, dann wäre dies eher tröstlich zu nennen.

„ENUMA ELISH" bedeutet, wörtlich übertragen :

„Als oben der Himmel noch nicht genannt war !"

Wenn etwas noch nicht „genannt" wird, dann existierte es somit noch nicht in der sogenannten heutigen Variante. Es existiert aber bereits in der Energie, in den ewigen Wassern „APSU" und „TIAMAT". Jedoch wurde es wohl vorher niemals herausgehoben und in eine Art „Existenz" beschwingt, in eine negative Perversion, eine „Dualität ".

Selbst in der Bibel wird darauf hingewiesen, dass etwas nicht seinen Platz hat, wenn es nicht „benannt" wird.   Nennen = Ernennen / Erwählen !

Alle „Religionen" schreiben permanent, Wort für Wort, vom ENUMA ELISH ab und vom Gilgamesch Epos. Eigene Ideen haben die „Religionen" dieser Welt nicht, benötigen sie auch nicht.

Neues Testament / Evangelium des Johannes :

„Im Anfang war das Wort, und das Wort war bei GOTT, und GOTT war das Wort. Dasselbige war im Anfang bei GOTT. Alle Ding sind durch dasselbige gemacht, und ohne dasselbige ist nichts gemacht, was gemacht ist. In Ihm war das Leben und das Leben war das Licht der Menschen, und das Licht scheinet in der Finsternis, und die Finsternis haben es nicht begriffen. "

„Das Licht der Menschen" haben wir bereits auch im Popol Vuh gelesen. Jetzt auch in der Bibel.

Man kann davon ausgehen, dass „der Geist über den Wassern" nicht das Wort war, aber das er, und hier ist auch noch zu befragen, was unter GOTT zu verstehen sein soll, der über das Wort herrscht, es benutzen und einsetzen kann, als über das Wort Stehender.

(kurzer Eingriff : ein Programmierer steht ebenfalls im übertragenen Sinne über dem Wort. Er manipuliert die Software ebenso wie er es für nötig hält. Er erschafft somit ein „Neues Universum der Illusion", wie gesagt, im übertragenen Sinne !)

Bei dem „Geist über den Wassern" geht es um ein allerhöchsten Energie- Wesen der Harmonie, um ein „Ewigkeits- Wesen". Die Schein- Götter der Anomalie (also Gott / Allah / etc....) sind ausschließlich Zerfallsprodukte, da eben nur Teil dieser Illusion. Somit keine „Ewigkeits- Wesen". Alle sogenannten „Gottheiten" dieser Welt, dieses Universums, egal mit welcher Religion sie die Menschen überschütten, entspringen der Unterwelt und sind Teilerscheinungen des Alleinherrschers MARDUK. Sie unterstehen aber allesamt der Unterwelt, der allermiesesten Giftküche.

Herrscherin dieser Unterwelt ist **„Mutter Chubur".**

Wirklich einmal sehr interessant !   Immer wieder eine „Mutti" ! ! (Führer in BRD und in Nord- Korea !)

Dann taucht der bedenkliche Satz auf :

„Dasselbige war im Anfang bei GOTT."

Wann ging die Kontrolle über das „Wort", über die Wasser, hier in diesem Universum, dieser Anomalie, verloren ?

Was hat es auf sich mit dem „Mischwasser" ?

Ging sie überhaupt verloren ?

Es wird aber ebenso unterstrichen deutlich darauf hingewiesen, dass dieses Licht, der „echte GOTT der ewigen Harmonie", von der Finsternis, somit von dieser Anomalie, diesem Schein- Universum in dem wir uns zur Zeit befinden, benutzt durch unechte Götter und den freigesetzten energetischen Erscheinungen der Unterwelt, <u>nicht</u> erkannt wurde.

Erkannt trägt aber auch in sich die Bedeutung : „Anerkannt und <u>nicht anerkannt</u> !"

Diese „Energie- Illusionen" halten sich für real, obwohl sie längst begriffen haben müssten, dass die „Zeit", also der „Zerfall dieser Anomalie" sie ebenfalls auslöschen wird (Apokalypse = Offenbarung des Untergang dieses Universums).

Zeit ist immer zu verstehen als <u>Count down</u>, als

„Apokalypse". Letztlich löscht diese Anomalie sich selbst aus, da sie in sich keine Harmonie, schon gar keine notwendige Ewigkeit trägt.

Sie ist eben nur ausschließlich Illusion.

Im ENUMA ELISH wird ausführlich erklärt, dass etwas außerordentlich schief lief, so dass es zu diesem „Universum" in dem wir uns zur Zeit befinden, kam. So ist dort zu lesen, gleich am Anfang :

„Sie hatten ihre Wasser miteinander vermischt, ..."

Sehr ominöser Einstieg, aber effizient !

Welche Energie- Wesen waren „Sie" ?

Es entstand, und dies hätte niemals geschehen dürfen, diese Anomalie, dieses Universum. In dieser Anomalie entwickelten sich auf einmal hochnegative Energien, die vorher vorhanden gewesen sein mussten, aber die ansonsten niemals auftraten, oder die man zumindest immer unter Kontrolle gehabt hatte. Diese „Anomalie- Machtstrukturen" dulden zu keiner Zeit „Freiheit", sie sind vollständig ohne Harmonie und selbstverständig ohne „ewiges Leben".

Kannten die Wasser „APSU" und „TIAMAT" überhaupt den Begriff / das Wort : „Freiheit" und eine damit verbundene Interpretation ?

In einem System der vollkommenen Harmonie ist „Freiheit" so nicht zu definieren, weil unnötig. Für „Freiheit" bedarf es eines Gegenpols, zum Beispiel : „Sklaverei / Unterdrückung / Macht- u. Geldsysteme / Religionen / Hass / Neid / Kriege / Werteeinstufungen / Auswüchse in der Disharmonie, etc... !"

Letztendlich sehen wir diese Perversionen, hier in dieser kleinen Welt, in diesem winzigen Klon eines echten „Blauen Planeten", täglich, stündlich, rasant immer abartiger, immer unverständlicher.

Diese ERDE, ebenfalls nur ein Planet der Illusion !

Das „ENUMA ELISH" besteht aus sieben Tafeln, deren wirkliches Alter bis jetzt nicht ermittelt werden konnte. Es liegen lediglich Schätzungen vor. Doch auch hier verhält es sich wie bei der großen Pyramide von Giseh. Das Alter dieser Pyramide vermuten einige „Schulbuch- Experten" so um die fünf oder sechstausend Jahre. Andere, klarer denkende, Ägyptologen betrachten realistischer, sie erkennen mehrere Hunderttausend Jahre der Pyramide an. Möglicherweise ist sie noch viel, viel, viel älter. „Pyramide" steht aber auch für Hierarchie ?

Was befindet sich tief unter der großen Pyramide, wie ist sie vernetzt mit diesen Planeten, wer beherrscht die Systeme ?

Woher stammt ihre starke Energie ?

Warum fehlt ausgerechnet die Spitze ?

Wer stellte die Pyramide ausgerechnet an diesen geographisch markanten Punkt ? Vergleiche Landstrecken, etc... . Die genaue Festlegung des Standortes war nur vom Weltall aus möglich !

Welche Energien strahlen in diesen Planeten mit welcher Schwingungsintensität ?

Wenn die Pyramide noch eine Spitze erhalten soll, aus welcher Energie soll diese sein ? Ewigkeit ?

Will uns die fehlende Spitze sagen, dass der „Geist über den Wassern" noch nicht angekommen ist, hier in dieser Anomalie, in diesem Schein- Universum ? (Hinweis / Denkanstoß ?)

Klar ist, dass die eigentliche Ordnung fehlt in diesem Schein- Universum. Es fehlt ebenso die echte göttliche Harmonie und die Ewigkeit.

Warum verhindern die heutigen Ägypter- Menschen stoisch und mit allen Mitteln weitere Forschungen in und an und unter der großen Pyramide ?

Welche „Macht" manipuliert hier in allen Entwicklungen der geistiger Entwicklung massiv ?

Das ENUMA ELISH ist kein Mythos, es ist allererste, detaillierte, präzise Geschichtsschreibung. Es beschreibt die Entgleisung dieses Schein- Universums, dieser Anomalie, dieser Illusion, dieser Katastrophe, die so niemals hätte geschehen dürfen.

Das ENUMA ELISH trägt in sich die Energie, die Menschen- Wesen zu informieren und im übertragenen Sinne „aufzuwecken" und „aufzurütteln".

Es soll auch nicht die „Zeit" vergessen werden. Lediglich in diesem Universum, dieser Anomalie, gibt es einen derartigen Verlauf auf einen Endpunkt zu. Diesen Verlauf benennen wir mit „Zeit", besser wäre „Zerfall / Auslöschung / Apokalypse".

Echtes „göttliches Leben" kennt die Zeit nicht, den Zerfall nicht, es ist „Ewig". Dieses „Ewig" existiert aber nicht in der Anomalie. Die Anomalie ist nicht stabil, sie zerfällt, ist somit instabil. Wenn man im weitesten Sinne von der „Apokalypse" spricht, dann redet man von dieser als „Selbstzerstörung". Somit begann die Apokalypse mit der ersten Millionstel Sekunde der Existenz dieses sogenannten Universums, welches exakt nicht existiert, da durch und durch Illusion, und gleichzeitig existiert es doch in einer speziellen dualen Misch- Energieform. Wieso ?

Im Buddhismus ist klar, dass man die Welt weder als seiend noch als nichtseiend beschreiben kann, so wie sie von den Törichten durch Ursachen und Bedingungen unterschieden wird.

(Lankavatara- Sutra / Sagathaka – Vers 475)

Das ENUMA ELISH beschreibt genau diese Anomalie, dieses Universum der „Unfreiheit". Freiheit erlangt man, wenn man anfängt zu begreifen, dass es „Freiheit" in dieser Welt- Variante nicht geben kann, leider / somit auch niemals geben wird.

Leider ist es hier nicht möglich, das umfassende ENUMA ELISH zu präsentieren. Es bleibt hier bei kurzen Zusammenfassungen und Erklärungen, die mit dem Sinn des „Lebens" zu tun haben und der inneren, unbefriedigten Sehnsucht nach einer irgendwie gearteten „Freiheit", die herausführt aus dieser Anomalie, aus dieser rotierenden Gefangenschaft.

TAFEL -- 1 --

Es wird klar und deutlich gesagt, dass APSU und TIAMAT weit vor diesem „Universum" existierten und immer existieren werden, wenn es dieses „Universum" längst nicht mehr gibt.

Es gab APSU, die Süßwasser, den ersten, ihren Erzeuger, und die Schöpferin TIAMAT, die Salzwasser, die sie alle gebar, schon ewig.

Was bedeutet das eigentlich, die „Wasser"?

Es wird immer so schön gesagt, alles „Leben" stammt aus dem Wasser. Dies ist teilweise richtig und auch gleichzeitig komplett falsch, da „Wasser" nicht richtig interpretiert und schon gar nicht richtig verstanden wurde. Auch heute noch immer falsch wiederholt wird, nicht hinterfragt wird.

Die **Wasser**, APSU und TIAMAT, sind die Schöpfer-Energien. Sie sind das komplette Wissen aller Universen, aller Entwicklungsstufen, sind der Anfang und das Ende in Einem. Sie sind alle Gedanken, die jemals gedacht wurden und jemals gedacht werden, da alles was es jemals geben wird, längst schon millionenfach gedacht wurde. Hierin liegt aber auch die Möglichkeit des Missbrauchs dieser Informationen, dieser eigentlichen „Geheimdaten".

Aber! Hier in diesem „Universum", in dem wir uns befinden, in dem wird gefangen sind (das ist das Gegenteil von „Freiheit", von uneingeschränkter geistiger Entwicklung), hier werden die Wasser missbraucht. Sie wurden gemischt, was niemals geschehen durfte und sie wurden vergiftet und zerteilt. Es entstanden so Schein- Götter, die es niemals hätte geben dürfen. Der mächtigste, hinterhältigste und übelste dieser Götter ist MARDUK, der absolute, soziopathische Egoist.

(GOTT = Soziopath / Diktator / Killer, etc......)

-- Wie im Großen, so im Kleinen --

139

Diese beiden ewigen Energiespeicherwesen, APSU und TIAMAT, stellen den ewigen digitalen Zustand dar. Doch diese beiden Energiezustände sind nicht vollständig und auch nicht voll funktionsunabhängig. Es wird auch an anderer Stelle im ENUMA ELISH beschrieben, dass der Ewige, der „Geist über den Wassern", über den Wassern schwebt, sie dirigiert.

Weiter wird nun erklärt, dass sich dann etwas Ungeheuerliches, Strafwürdiges ereignete.

„Sie hatten ihre Wasser miteinander vermischt."

Welche Geist- Energie- Wesen waren diese „Sie" ?

Wer manipulierte da etwas Ungeheuerliches, Verbotenes ?

Umgehend wird erklärt, was hier „Ungeheuerliches" geschah. Die Wasser wurden manipuliert, noch ehe dieses Universum, diese Anomalie entstand, noch ehe die Schein- Götter dieser Universums- Illusion entstanden. Etwas in der Umgebung des „Geistes über den Wassern" experimentierte, verbotener Weise, mit den Wassern. Es entstand etwas, was niemals hätte entstehen dürfen, die vergiftete Anomalie, dieses Universum, diese Illusion, dieses Krebsgeschwür.

Im Inneren dieser Anomalie, dieser Illusion, entstanden, in den Klonen des APSU und der TIAMAT unter anderem, neue „Götter". Schein- Götter außerhalb jeglicher Kontrolle und Begleitung des „Ewigen Geistes", des „Geistes über den Wassern", so ist jedenfalls der erste Eindruck.

Einer dieser mächtigen neuen Götter, EA, betäubte die ungeschützte Energie APSU und nahm sie gefangen. Nun galt es, die Energie TIAMAT umgehend zu überwinden, dies war allerdings nicht so einfach. Doch TIAMAT war verstört durch die unerlaubte Vermischung und aller damit verbundenen freigesetzten Gifte. Sie war stark geschwächt, sie wurde immer schwächer und verwirrter, sie versuchte vergebens die Anomalie rückgängig zu machen.

(Wir sprechen heute bei der Computer- Software von Viren- und Hacker- Angriffen).

EA zeugte einen Sohn, den MARDUK. Er wurde geboren in den Energien des APSU. Er sog an den Brüsten vieler Göttinnen. Er wurde gefüllt mit allen Schrecken. Er war von Anfang an mächtiger als sein Vater EA. Die 50 (unendlich vielen) Schrecken waren auf ihn versammelt. ANU übergab ihn die vier Winde, (sie bilden ein gleichschenkliges Kreuz, das Zeichen des MARDUK (Windrose)) welche er im „Krieg" gegen TIAMAT wirbeln lassen sollte. Er ließ sie wirbeln.

Diese Informationen sind in Energie umzusetzen !

MARDUK besiegte TIAMAT, die Verwirrte, die Vergiftete, die Unvollständige. Er nahm sich die Schicksalstafeln und erschlug die Götter, oder nahm sie gefangen, welche sich noch an der Seite der TIAMAT befanden. Er zerteilte die Energien der TIAMAT, speicherte sie an unterschiedlichen Orten, stets unter seiner Kontrolle, erzeugte Milliarden getrennter Zonen (clouds).

(Wir kennen dies in dieser Welt genau, es nennt sich heute Internet und NSA und und ... . Die vollkommene Kontrolle über alle gläsernen Menschen-Wesen. Die vollkommene Versklavung der ganzen Menschheit, jedes einzelnen Menschen.)

Wie gesagt : „Wie im Großen, so im Kleinen !"

Wo war eigentlich die „Freiheit" geblieben ?   Wir haben sie ganz aus den Augen verloren.

Alles liegt offen auf dem Weg, man muss nur auch hinsehen wollen !   Wollen wir ? ?

Wir nennen diese Versklavung : „DEMOKRATIE" !

Was muss man machen, wenn man etwas verstecken will, dass niemand finden soll ? Man muss es ganz offen auf den Marktplatz stellen, dann schöpft niemand Verdacht, dann interessiert es auch niemanden, oder vermutet Geheimnisse im System.

Dumme Menschen- Wesen sagen an dieser Stelle gern : „Ich habe nicht zu verbergen !"

Wie gesagt, die ganz, ganz Dummen !

MARDUK wurde von seinen Göttern gefeierte, hochgehoben als ihr ewiger Führer. Würde er seinen Jubelmassen jemals trauen können ? Nein ! Er hatte bereits sein Gesicht als Mörder gezeigt, aber eben auch als der Stärkste, als Alleinherrscher. Diese Position musste er aber auch behaupten. Er regierte ausschließlich, ab nun immer durch Ängste. Alle hatten gesehen, wie er TIAMAT zerfetzte und sie auseinander riss, verteilte, fesselte, kontrollierte.

Einmal davon abgesehen, dass sie ihm vorab schworen, wenn er gegen TIAMAT gewinnen würde, ihn für immer als Herrscher anzuerkennen, ihm bedingungslos zu gehorchen, nur sein Wort immer gelten zu lassen in diesem Universum.

(Wir kennen dies alles, von den sogenannten vielen Regierungen, hier in dieser kleinen, winzigen, vollkommen bedeutungslosen Welt. Es liegt alles so klar und so offen dar, aber keiner will es sehen, geschweige denn diskutieren.   Erstaunlich !)

Dieses Universum, diese Anomalie war entstanden aus Krieg, aus Mord, aus Machtgeilheit, aus Angst. Es gab keinerlei gegenseitiges Vertrauen. Hier wurde nicht vernünftig gesprochen, hier wurde sofort geköpft. Wer nicht für MARDUK war, der war gegen ihn. Es gab nur einen absolutistischen, allerobersten und alternativlosen Führer : „MARDUK".

Dies alles kennen wir auch in dieser kleinen Welt, diesem kleinen Spielplatz der geistesverwirrten, durchgeknallten Götter.

Zur Zeit wird es immer schlimmer und rasant unkontrollierbarer.   Einem Irrenhaus gleich. Und wie wir es auch aus der Geschichte kennen, alle Menschen- Wesen machen mit, auch die, von denen man dachte, dass sie vernunftbegabt seien.

MARDUK entschließt sich bereits zu Beginn der **Tafel –6-,** die Bibel würde sagen, am 6. Tag, den Lullu zu erschaffen, um die Mühsal der Götter zu übertragen auf diese Wesen. Er nennt diese eindeutigen Marionetten- Wesen, die er erschafft / fabriziert / konstruiert / manipuliert : „**Menschen**".
Er erschafft diese Wesen aus Blut und Knochen durch in den Wassern vorhandene Gen- Codes.
Er opfert dafür den KINGU. KINGU wir beschuldigt, den Krieg zwischen TIAMAT und MARDUK angezettelt zu haben. Dies ist alles komplett gelogen, zumal deutlich beschrieben wurde, dass EA der Kriegstreiber war.
(Siehe Beginn der Tafel-2-)
(Auch dies alles kennen wir aus unserer kleinen Welt der Geldgeilen, der machtgeilen Religionen und ihrer perversen Handlanger, der Politiker).
KINGU traf keine Schuld.
Alles pure Hinterlist. Alles durch und durch „Mutter Chubur" in Hochform !
Es ist alles wie in dieser kleinen Welt, eine permanente Wiederholungsschleife. Endloser Blödsinn.
Was stirbt als erstes in einem Krieg ?
Immer die Wahrheit !
Schon die Götter dieses Universums, dieser Anomalie, kennen die „Freiheit" nicht. Sie kennen dafür die Macht der Ängste und sie kennen den Meuchelmord und die manipulierenden Lügen.
In der Allein- Herrschaft des MARDUK fiel niemals das Wort :
„ F R E I H E I T ! "

Ganz im Gegenteil. Er hatte immer alle Zügel in der Hand. Alle anderen Götter mussten bedingungslose Treue schwören. Ja, sie hatten seine Anordnungen niemals in Frage zu stellen, auch dies gelobten sie alle. Heil dir, Diktator MARDUK!

Und doch existiert dieses Wort „Freiheit" in diesem Universum noch immer. Es ist versteckt in den Wassern, aber existent. Es ist unausrottbar.

Wie war das möglich?

Warum sprechen einige Menschen- Wesen ständig von „Freiheit"? Bedauerlicherweise ab und zu vollkommen wirr und unsinnig. Sie scheinen mit dem Wort „Freiheit" nicht so richtig etwas anfangen zu können. Sie plappern es lediglich nach.

Das Menschen- Wesen besteht aus dem Blut des KINGU. Somit besteht er sowohl aus APSU, als auch aus TIAMAT, genauso wie MARDUK selbst. Und genau dies weiß auch MARDUK, weiß selbstverständlich jeder einzelne Schein- Gott.

Egal was immer hier in dieser Anomalie geschieht, niemals sind die Energien der echten göttlichen Energie- Wesen, welche als „Geist über den Wassern" schweben, auszuschalten oder gar gefangen zu nehmen. Sie stecken in jedem Energie-Fitzelchen dieser auch möglichen Spiegelung, dieser Illusion. Sie sind für immer und ewig unauslöschbar. Dies weiß die freigesetzte Unterwelt auch.

Die Informations- Bruchstückchen über diese Klarheit stecken in allen Menschen- Hüllen, in jedem Atom. Besonders aber in den Menschen- Hüllen mit Seelen- Inhalt wirken sie permanent intensiv. Sie wirken aufweckend. In ihnen steckt eine große Kraft der Sicherheit und der inneren Harmonie. Echte Seelen erhalten durch diese Energien ihre innere Unerschütterlichkeit, hier, in dieser Illusion niemals anzuhaften.

Es wird niemals eine Akzeptanz geben, diese Anomalie anzuerkennen, oder sie sich weiter festigen zu lassen.

Doch der Weg der Milliarden Menschen- Wesen wird in die falsche Richtung manipuliert. Die Menschen- Wesen sind dem Irrsinn verfallen, dass die sogenannte Wissenschaft oder noch schlimmer, die sogenannten Religionen, der richtigen Wege sei, der sie in die „Freiheit" führen wird. Genau das Gegenteil ist der Fall.

Eines wissen wir jetzt schon mit aller Klarheit, die Wissenschaft zerstört diese zerbrechliche Welt. Wir wissen auch, dass alle Religionen immer weiter wegführen von wirklicher geistiger Entwicklung und Erkenntnis.

Jeder Weg der Schein- Götter führt ins „Nichts".

Nur die geistige Entwicklung, weit weg von allen Religionen und allem Materiellen führt aus diesem Oortschen Labyrinth, diesem Gefängnis hinaus, zurück in die echten göttlichen Energien, in die Harmonie, in die ewige „Freiheit". Es ist eine Freiheit ganz anderer Art, eine Freiheit in tiefer, innerer ewiger Ruhe und harmonischer Erkenntnis.

Psalm 73
Ein Psalm Assaph

Assaph stellt fest, dass den Gottlosen, hier in dieser Welt, in jeglicher Konstellation, alles gelingt. Sie bekommen alles was immer sie wollen. (Festzuhalten ist somit : Alle Religionen sind „Ruchlos" !)

Die Gottlosen (somit alle Nicht- Seelen) schwimmen im Geld, sie besitzen alle Ländereien, sie fahren dicke Autos, sie sind durch und durch korrupte, hinterhältige, gewissenlose Mörder.

Er stellt ebenfalls fest, dass den Gottlosen nichts geschieht. Sie werden weder bestraft noch werden sie vor Gericht gestellt. Sie werden niemals von ihren „Kirchen" verurteilt, welche selbst alle „den Geist über den Wassern" (den echten, einzig ewigen harmonischen Gott) verachten, gleichzeitig aber MARDUK (Gott / Allah, etc.) huldigen.

Er beklagt sich bei dem <u>echten göttlichen Wesen</u> über all diese Ungerechtigkeiten, über diese verdrehte, ganz offensichtlich perverse Welt.

Er will es nicht fassen, dass ausgerechnet er, der sich in allen Bedingungen an den richtigen, harmonischen Weg hält, stets mit Füßen getreten wird. Er kann / will dieses Unrecht nicht begreifen und auch nicht akzeptieren.

Genau umgekehrt sollte es doch sein. Er sollte belobigt und belohnt werden für seine Treue und für seine Standhaftigkeit zum echten göttlichen Wesen, zum ewigen „Geist über den Wassern".

Er strauchelt in seiner Zuversicht, aber er ist auch ein scharfer Beobachter. Er sieht, wie die Gottlosen alles vernichten, wie sie sich brüsten mit ihren fetten Bäuchen, mit ihrer Scheinheiligkeit, mit ihren Besitztümern, mit ihrem Geld, ihrer Macht, ihren Armeen. Aber er sieht eben auch deutlich, dass ihr Ende mit eindeutigem Schrecken sein wird.

Er begreift immer mehr, dass all dies Geld, Reichtum, dicke Häuser und dicke Autos und der ganze Betrug, die Korruption und der restliche Dreck, den man erst gar nicht haben will, nicht von Belang, von Bedeutung ist, ja, dass dies alles nichts nützt, dass alles nur Täuschung ist, keine innere Ruhe erschaffen kann, keinen innern Frieden liefert, einen nicht weiterbringen, die Seele (so denn vorhanden) nicht geistig entwickeln lässt.   Ganz im Gegenteil !

Er erkennt immer mehr, dass alles seine Richtigkeit hat, so wie er durch diese Welt, durch diese Illusion geführt wird.

Er erkennt, dass die Gottlosen, die den negativen, habgierigen, mörderischen Religionen und dem anhaftenden Geld und Besitz nachlaufen, dass sie, die Gottlosen, letztendlich ins „Nichts" verschwinden lässt, dass sie mit dieser Illusion vergehen werden.

Er erkennt, dass sie nicht verstanden haben, an welchem Ort sie sich befinden. Sie wurden dumm in diese Illusion gestellt und sie werden dumm aus ihr entfernt werden. Sie sind lediglich Spielzeug ebenso dummer Schein- Gottheiten, die sie als „Gott", oder „Allah" oder als sonst etwas anbeten.

Sie werden nicht in die „Freiheit", also ins „ewige Leben" aufgenommen werden. Sie erkennen es nicht einmal. Sie sind vollkommen blind.

Sie haben nichts verstanden. Ebenfalls haben sie nicht verstanden, das Freiheit und Leben in dieser Illusion, in dieser Täuschung nicht zu finden sein wird. Trotz allem halten sie sich für die „Krone der Schöpfung", diese armen Milliarden Törichten.

Lankavatara- Sutra
Das Sagäthaka
(eine **Lehre** und keine Religion !
Eine Lehre ist immer das Gegenteil von Religion !)

Von der ersten Zeile an wird klar dargestellt, dass es sich bei diesem Universum um eine Scheinwahrheit handelt. Es wird deutlich dargelegt, dass man sich bewusst machen soll, sich in einer Illusion zu befinden an die man nicht anhaften darf.

Die Mensch- Wesen müssen rasch lernen dies zu erkennen. Sie müssen verstehen, dass diese Welt nicht entstanden ist.

(Es ist erstaunlich, dass wir dies alles bereits aus dem ENUMA- ELISH kennen. Es geht auch hier um die Überwindung der negativen Manipulation der Wasser, es geht um die Rettung der Wasser. Es ist ebenso erstaunlich, dass genau diese Aussage auch in der „Griechischen Mythologie" verankert ist.)

Auch alle Buddhas sagen eindeutig, dass wir uns hier in einer „Luftblume" einer „Fata Morgana" befinden.

Es wird auch dargestellt, dass ausschließlich die Törichten auf diese Illusion hereinfallen. Sie suchen in dieser Illusion nach „Freiheit", aber es gibt keine Freiheit in dieser Gefangenschaft, diesem Labyrinth, dieser Täuschung, dieser Apokalypse.

Diese Welt ist eine Welt, in der weder Sein noch Nichtsein existieren, zumal diese Welt nicht existiert.

Nichts in ihr, in dieser Welt, existiert. Nichts!

Alles ist Täuschung, alles Fata Morgana.

Die Aufgabe des Menschen ist es, genau dies zu erkennen und zu verstehen, um sein Handeln, besser sein „Nichthandeln" anzugleichen.

Seine Befreiung aus diesem Gefängnis wird nur gelingen, wenn er anfängt sich um die echten, ewigen göttlichen Wesen und Energien zu kümmern, alles andere lediglich nur betrachtet.

Er soll nicht anhaften. Dies bedeutet, er soll nicht in die Falle des Begehrens, des Verlangens, abrutschen (siehe auch Lau- Dse).

(Wir befinden uns in einer Welt, die dem Geld nachrennt. Hieraus resultiert, dass Wertigkeiten aufgestellt werden. Wir fragen nicht danach, wie weit hat sich ein Mensch geistig entwickelt, wie hoch steht er in der Harmonie. Nein, wir taxieren die ganze Welt, alle Menschen- Wesen, nach dem Stand ihres Geldvermögens, ihres Kontos.

Dies ist an Perversion nicht zu überbieten, zumal festzustellen ist, auch für schlichte Gemüter, dass das Geld- System nicht gerade das Beste im Menschen- Wesen hervorbringt, um sie dann an die Spitze unserer Gesellschafts- Systeme zu stellen.

Wann werden die Menschen- Wesen endlich aufwachen? Wahrscheinlich nie!!)

Das Lankavatara- Sutra weist darauf hin, dass nichts entstanden ist, noch das etwas entstehen kann, in dieser Illusion. Es bedeutet, dass Materie etwas Reales imitiert, und einen Trugschluss offeriert. Unsere Konditionierung und unsere Hüllen tragen dazu bei, dass wir permanent verwirrt sind und immer tiefer anhaften.

Der Mensch verhält sich wie eine Figur in einem Computer- Spiel, die auf einmal, durch sogenannte „Künstliche Intelligenz" bedingt, der Meinung ist, sich in einer realen Welt zu befinden, selbst real zu sein. Der Spieler, also der Gott, weiß aber genau, dass diese Welt seiner Figuren, dieses Spiel in dem wir uns befinden, nicht „Echt" ist, sondern eben nur eine Fiktion
(Software, bestehend lediglich aus
„I und O" . Nicht mehr und nicht weniger, für eine zugeteilte, entsprechenden Spieldauer).

Welcher Mensch will schon in einer Fiktion aufwachen, wo ihm doch noch vor Sekunden klar war, dass er zur „Krone der Schöpfung" gehörte. Und nun ist da nichts außer „I und O" !
Der Mensch ist das Allerhöchste im Universum, so hat man es ihm eingetrichtert. So wurde er konditioniert / programmiert, ins Spiel gesetzt.
Nun auf einmal muss er feststellen, dass es dieses Universum gar nicht gibt, dass es nur eine plumpe Täuschung ist, ein Trugbild, ein Zerfallsillusion.
Dann wird auch noch klar, dass er nur ein Gefangener dieses Trugbildes ist, ja er muss feststellen, dass er vollkommen „Ich-los" ist. Somit höchsten ein Gedanke, vielleicht wesentlich weniger. Ein Gedanke, der aufblitzt und wieder vergeht, sich wieder verliert in den „Wassern".
Wo bleibt da seine so teure „Freiheit" ?
Was sucht er überhaupt für eine Art „Freiheit" ?
Es gibt keine Freiheit in der Illusion. Wo / wie denn auch ?
Selbst außerhalb dieser Illusion wird es keine Freiheit geben.
Warum auch !
Freiheit, was ist das ? ?
Wer hat sich das ausgedacht, diese „Freiheit" ?
Woher kommt die Sehnsucht nach „Freiheit" ?

Vielleicht stimmt etwas nicht mit der Definition von „Freiheit" !

Die „Freiheit" wird immer in Beziehung gesetzt mit einer gewissen Unabhängigkeit in dieser Welt, in dieser Materie. Weiter gehen die Beschreiber gar nicht, sie verharren stets in dieser Schein- Welt.

Es wird nicht der Ursprung der „Unfreiheit" angeprangert.

Es ist doch jedem halbwegs klardenkenden Menschen- Wesen verständlich, dass ein „echter Geist / Gott der Liebe und der Harmonie", es niemals nötig hat, sich Sklaven zu halten und in allerprimitivster Art und Weise unentwegt perverseste Morde begehen zu lassen. Morde und Kriege ohne Ende !

Also die volle Blödheit pur.

Warum sollte ein in sich ruhender echter „Gott" solcherart Primitivität durchführen, oder durchführen lassen ?

Lediglich geistig sehr kranke „Schein- Götter", welche nun auch endlich begriffen haben, dass sie ebenfalls nur Zerfallsprodukte sind, also sich auflösende Illusion, kommen auf diese kranke Variante.

Doch eines ist auch klar, die Menschen- Wesen müssen diese Geistlosigkeit nicht mitmachen, wenn sie nicht wollen.

Ein hochintelligenter Satz spricht es erschütternd klar aus :

„Stell dir vor es ist Krieg und niemand würde teilnehmen !"

Dieser Satz ist immer noch wahr und aktuell, ja, aktueller denn je.

Warum ziehen Menschen in einen Krieg ?

Warum töten Menschen andere Menschen ?

Welche wichtigen Energien fehlen in all diesen defekten Menschen- Wesen- Hüllen ?

Hier, genau an dieser Stelle könnte ein kleines Pflänzchen der „Freiheit" hervorsprießen, ein Hauch von Erkenntnis. Einfach einmal stehen bleiben und tief in sich hineinhorchen. Auf dieser Basis ist es dann möglich weitere Schritte zu gehen. Nun steht da immer noch die Frage im Raum :

„Wer setzte, wer brachte die Unfreiheit mit in dieses nicht vorgesehene Universum ?"

Am Anfang war **MARDUK** so kraftvoll wie seine Väter. Dann geschah etwas mit diesem MARDUK, diesem Schein- Gott der negativen Anomalie.

Im **ENUMA ELISH / Tafel – 1 –**
wird genau beschrieben, wie der MARDUK erstellt / entwickelt / konditioniert wurde :

... Im APSU wurde MARDUK geboren, im reinen APSU wurde MARDUK geboren.

EA, sein Vater, zeugte ihn, DAMKINA, seine Mutter, gebar ihn. Er sog an den Brüsten von Göttinnen, eine Kindsmagd zog ihn auf und füllte ihn mit Schrecken. Seine Gestalt war prächtig entwickelt, der Blick seiner Augen war blendend, sein Wuchs war mannhaft, er war mächtig von Anfang an. ....

MARDUK wurde geboren im reinen APSU, somit in reiner Energie. Er wurde nicht geboren im Mischwasser des APSU und der TIAMAT. Dies war ein Vorteil, zumal er über vollkommene Klarheit verfügte, aber es steckte auch ein gewisser Nachteil in dieser Variante, zumal dadurch die echten Energien des APSU sich so immer wieder aus dieser verborgenen Reinheit meldeten, zumal sie sich nicht endgültig ausschalten ließen, somit stets vorhanden blieben.

Er wurde von Schein- Göttinnen gesäugt, die in den Mischwassern und der Unterwelt entstanden waren oder dort freigesetzt wurden. Er wurde durch sie aufgefüllt mit den „50" Schrecken.

„50" bedeutet übersetzt = **unendlich** (-vielen Schrecken).

(wir können hier, in dieser Welt auch beobachten, dass die kleinen Machthaber, die Diktatoren, ebenfalls eingesetzt und gefüllt mit den „50" Schrecken, zumindest an ihnen anhaftend, diese Anspannung nicht lange aushalten. Diese Macht- Marionetten drehen letztendlich durch, werden verrückt : - Hitler - Stalin - Nero - viele Päpste .... und selbstverständlich die heutigen „Macht- Marionetten- Figuren").

Auch MARDUK wurde letztendlich verrückt, wurde immer Kontrollsüchtiger. Dies ist bereits der Anfang vom Ende jeglicher Entwicklung. Realitäts- und immer wieder Denkverlust in jeglicher Richtung

Auch MARDUK war lediglich eine Marionette, hergestellt für die wirklich „Mächtige", die Herrscherin der Unterwelt. Er wurde konditioniert, um die negativen Machenschaften der Disharmonie umzusetzen, so dass es nicht zur Auslöschung des Anomalie-Universums kommen konnte. Alles was MARDUK anordnete, wurde ihm durch Göttinnen der Unterwelt, während seiner Ausgestaltung eingeflösst, einprogrammiert, eingebrannt mit unendlich vielen Giften.

(wir können dies alles auch hier in unserer kleinen Welt täglich studieren. Wer wirklich regiert, tritt aus der Unterwelt nicht ans Licht. Es werden Marionetten eingesetzt, sogenannte regierende Politiker. Immer im gleichen diktatorischen Aufbau. Immer hat einer, oder seit einiger Zeit auch favoritisiert „Eine" das Sagen. Kleinteilung ist das ewige Motto. Vielsprachigkeit, Vielstaatlichkeit, etc... Je verwirrter nach Außen das Geflecht, desto engmaschiger wirken die Kontrollmechanismen. Ein brutales Beispiel ist etwa „Europa". Die Menschen dort lassen sich verarschen ohne Ende. Sie fressen die Scheiße der Politiker. Besonders dumm sind die Deutschen. Sie lassen sich komplett vernichten, wehren sich nicht mehr. Aber wieder zum Rest- Europa. Es fallen dumme Sätze, gekaufter Politiker, wie : „Wir sind alle Europäer. Europa muss zusammenstehen. Europa gehört den Menschen." In Wirklichkeit werden in Europa über fünfzig Sprachen gesprochen. Die sogenannten Europäer- Menschen können sich nicht einmal untereinander verständigen. Wie auch ? Es ist auch nicht erwünscht. (siehe auch : Turmbau zu Babel ! MARDUK zerstückelt jeden sich aufbäumenden Versuch der Kommunikation und des Aufstandes gegen ihn und seine Vasallen !).

Wird komplett unterdrückt, auch von den gehorsamen, sogenannten Medien, welche eindeutiger Teil des Unterdrückungs- / Machtsystems sind.

Europa ist ausschließlich ein Wirtschaftsbündnis mit fünfhundert Millionen dummer, finanziell auf das brutalste geknechteter Niedriglohnsklaven. Kein korrupter Politiker, Manager, Geld- Machthaber will, dass sich die dummen „Europäer- Menschen" untereinander verständigen können. Hinzu kommt dann noch, dass jeder Staat sein eigenes dreckiges Süppchen kocht und damit auch immer durchkommt. Es gibt keine gemeinsame verbindliche erste europäische Sprache. Es gibt kein gemeinsames Europa. Es gibt keine Solidarität. Wie auch ?

Es geht nur ums Geld, um sehr, sehr viel Geld !

Die Abläufe von denen man sich in dieser Illusion befreien muss, sind die permanente Manipulation durch Regierungen und sonstiger Geld- Macht-Vasallen, einschließlich sämtlicher anderer Strömungen, wie permanenter Fernseh- Kitsch, Religions-Vernebelungen, -unterdrückung, etc..... .

Man muss sich selbst hinterfragen, warum man permanent auf der Jagd ist nach sogenannten materiellen Gegenständen. Man muss sich auch zwischendurch einmal fragen, was dass alles mit „Freiheit" zu tun haben soll, wenn die Netze um diese Welt herum immer engmaschiger geknotet werden.

Man muss sich selbst hinterfragen, ob diese vielen Tausende materieller Dinge überhaupt eine Bedeutung für einen haben oder ob sie nur die Täuschung füttern und diese Vernebelungen somit aufrecht erhalten. Auf welcher Art Flucht befindet man sich.

Sind die Menschen- Wesen süchtig nach Ängsten?

Sind die Menschen- Wesen vollständig orientierungslos, in jeglicher Hinsicht?

Man muss sich fragen, warum man auf all diese Einwirkungen von außen derartig schnell reinfällt, sich anhaften lässt, manipulieren lässt?

Man muss sich fragen, warum man von der ersten Sekunde seines Aufenthaltes, hier in dieser Illusion, derartig intensiv konditioniert wird, und immer in eine falsche Richtung gedrängt wird?

Man sollte beginnen, die Dinge dieser Welt mit Abstand zu betrachten, um dann ihren Unsinn zu hinterfragen.

Man kann auch über die Sinnsuche ein gutes Stück weiterkommen in der eigenen Entwicklung und in Richtung Erkenntnis.

Ein kurzer Blick auf die „Griechische Mythologie"

Es ist hier in der Entstehung der Welt / des Universums und der Entstehung der Götter nicht zu unterscheiden.

Auch existierte bereits die Materie, jedoch wird darauf hingewiesen, ohne jegliche Ordnung.

Sehr interessant. **Ohne Harmonie**, bis heute.

Man darf davon ausgehen, dass diese Welt und die Götter aus demselben Energie- Zweig / Katastrophe / Anomalie entstanden, aus welchem die Wasser zusammengeführt wurden zum Mischwasser.

In der griechischen Mythologie wird die Anfangsenergie bezeichnet als das CHAOS.

(Chaos = heilloses durcheinander= gänzlich fehlende Ordnung, Verwirrung, Unordnung)

Man kann auch sagen, das Chaos Ausschaltung der Ordnung ist, somit Mischwasser / Anomalie. Aber tief im Chaos lebt immer die Ordnung weiter, hier anzusehen als APSU und TIAMAT, welche nicht gänzlich beherrscht werden können. Trotzdem wurden sie in dieser Anomalie zur Gänze versklavt, gefangen, manipuliert, bis heute.

Was in diesem CHAOS- Universum allerdings immer außen fortbleibt, ist der „Geist über den Wassern", die ewige Ordnung, die Harmonie, die echte Liebe, das echte Licht, das ewige, wirkliche Leben. Somit wieder keine Freiheit und kein Frieden.

Das CHAOS in dieser Anomalie trägt ebenfalls keine Stabilität, schon gar keine Ewigkeit, in sich. Es ist darüber hinaus permanenter Zerfall, also die einzige Apokalypse.

Auch in dieser Variante gibt es niemals „Freiheit".

Auf dem apokalyptischen Weg herrschen nur Mord, Intrigen, Hass, Macht- Sucht, Besitz- Sucht und ausschließlich Selbst- Sucht und Rücksichtslosigkeit. Wir können dies in dieser kleinen Welt täglich miterleben, in den Nachrichten.

Auch bei den Griechen sind alle aufzufindenden Scheingötter und Halbgötter und die ganze Unterwelt und alles, was sonst noch an dieser Variante klebt, niemals friedlich, niemals positiv orientiert.

Man muss auch hier mit bedauern feststellen, dass auch diese Scheingötter keinerlei geistige Entwicklung anstreben. Was all diese Varianten anstreben, sei es nun Marduk oder Zeus und so weiter, ist, sie wollen letztendlich den Versuch unternehmen, auch den „Geist über den Wassern" zu überwältigen, ihn gefangenzunehmen, zu versklaven, ihm das „Ewige Leben" zu entreißen.

(Wir erleben diesen Schwachsinn im Jugendwahn der scheinbar Schönen und im Reichen durch permanente Schönheits- Operationen. Die Ergebnisse zeigen uns die lachende Fratze des Todes. Ekelhaft, diese Zombies.)

Was diese Anomalie, dieses Schein- Universum, diese Schein- Götter nicht verstanden haben ist, dass sie schon längst nicht mehr existieren, ja, niemals existiert haben.

Dies und genau dies hätte sie verstehen müssen.

„Freiheit" ist / wird niemals Teil einer Illusion.

„FREIHEIT" bedeutet, sich geistig, ohne Zwang und negativer Einwirkung jeglicher Art, entwickeln zu dürfen, mit der Unterstützung einer vollkommen harmonischen Umwelt, voller echter Wissender, die die Seelen schützen vor negativen Manipulatoren. Nur in einer solchen sauberen Energie findet Erkennen, findet geistige Entwicklung statt.

Viel Glück !

Checken Sie doch einmal ihr „Leben",
von ihrer Geburt an bis jetzt,
ob Sie jemals „frei" über sich selbst haben
entscheiden dürfen / können.
Das Ergebnis wird hochinteressant sein.
Also trauen Sie sich :
frisch – **frei** – und natürlich fröhlich !
Es könnte ein ganz neuer guter Anfang werden.

– VIII –
„frei" und „Freiheit"
und der
äußere und innere Frieden ?

Es kann keinen wirklichen Frieden geben ohne eine echte Freiheit und selbstverständlich dies auch immer umgekehrt.

Frieden und Freiheit, Freiheit und Frieden, dies ist nicht voneinander zu trennen.

Solange es dieses Schein- Universum bereits gibt, solange ist auch festzustellen, dass es noch niemals Frieden gegeben hat.

Genau dies alles finden wir auch bestätigt in dieser kleinen Welt, und wir können es leider auch in den Menschen- Wesen betrachten, die allesamt keinen Frieden in sich tragen. Besonders in den Religionen findet man die meisten Mörder.

Es findet ja nicht einmal „Frieden" statt in einem einzelnen Erden-Menschen- Wesen.

Schnell wird gesagt : „Finde doch erst einmal den Frieden in dir selbst, den inneren Frieden !"

Weiter geht es mit der Familie, keinerlei Frieden. Dann sind da als nächste Stufe die vielen Nachbarn, welche allesamt in sich eigene Vorstellungen haben von einem „erfüllten Leben". Kinder und Schule ist nicht zu vergessen. Sobald dies alles erarbeitet ist, findet man sich wieder auf einem Arbeitsplatz und die Erfahrungen auf der Straße und in den Vereinen, und so geht es weiter. Je größer die Kreise werden und je vielfältiger die Verzweigungen, je weniger hat dies alles mit „Freiheit und Frieden" zu tun.

Wie sagen die Japaner: „Geschäft ist Krieg !" Da ist kein Platz mehr für Handschlag, für Augenkontakt und für gegenseitiges Vertrauen. Die Juristen sagen: „Nur wer schreibt, der bleibt !"

Irgendwie muss man erkennen, dass von niemanden in dieser Welt und schon gar nicht im gesamten Schein- Universum auch nur ein Ansatz von Frieden und Freiheit gewollt ist.

Wie kommt das ?

Wieso suchen die Menschen- Wesen hier immer die Konfrontation auf jedem Gebiet ? Permanent !

Synonyme für „FRIEDEN" : Waffenstillstand / - ruhe / Versöhnung

Der „Frieden" definiert sich immer nur über einen Konflikt, egal welcher Art. Hauptsache Konflikt.

Betrachtet man das ENUMA ELISH, dann wird alles sehr schnell klar und deutlich. Es gibt hier kein Entweichen aus der Kontroverse.

Es wird somit niemals in diesem Schein- Universum „Frieden" geben können, selbst wenn es von einzelnen Individuen oder Energien angestrebt wird.

Um zum „Frieden" zu kommen ist dieses Schein- Universum zu überwinden, nicht nur diese Welt.

Somit ist auch klar, dass sich an den herrschenden Systemen der brutalsten Diktatur, also das, was einfache, schlichte Charakter für „Demokratie" halten, sich niemals etwas geändert wird, es sei denn in immer weiterführender negativer Richtung. Eine positive Erkenntnis ist in dieser Welt ausgeschlossen.

Man muss besonders heute feststellen, dass die sogenannten „Mächtigen" der Welt selbst eine vollkommene Zerstörung hinnehmen würden. Die anderen Menschen sind ihnen vollkommen egal. Sie spielen keinerlei Rolle in ihrem Wahn. Man kann diese hochnegative, rasante Entwicklung betrachten in China, aber ebenso in Europa und Amerika.

Wie immer ist auch hier interessant zu betrachten, dass über sieben Milliarden Menschen- Wesen es willenlos hinnehmen sich vernichten zu lassen.

Würde einem ein solcher Film im Kino angeboten werden, dann würde man sich aufregen über den unrealistischen Blödsinn. Verlässt man aber den Kinosaal, befindet man sich in diesem Blödsinn und macht, ohne Gegenwehr, täglich mit.

„FRIEDEN" und „FREIHEIT" wird es niemals geben können, solange wir gezwungen sind uns in der millionenfachen labyrinthischen unablässigen Täuschung der Mischwasser aufhalten zu müssen!

Wenn einem einmal klar wird, dass dies ja alles nur eine Illusion ist von der man sich Tag für Tag hereinlegen lässt, dass wird es in einem Stück für Stück ruhiger. Man beginnt zu verstehen, dass diese Herausforderung, welche nicht das „Leben" ist, sich abspielt in den irren Gedanken des MARDUK, welchem immer klarer wird, dass er schon bevor er erschaffen wurde, verloren hatte.
Ebenso ist es mit den sogenannten „Reichen und Superreichen" der Fall. Sie klauen und betrügen und scheffeln und jagen dem Gelde nach und sie werden nie etwas erreichen, weil sie irgendwo im Inneren wissen, dass all dieses Geld keine Bedeutung hat. Sie werden keine Ruhe und keine Befriedigung finden, auch wenn sie dies vorspielen. Alles unnütze Streben ist wertlos, zumal sie selbst täglich immer mehr ein Stück zerfallen und zerfallen und zerfallen. Ihr Aufenthalt ist somit vergeudet, ohne Sinn und Verstand und ohne „Frieden und Freiheit!", ohne Erkenntnisse. Und sie gehen über ins „Nichts" und kein Geld der Welt wird sie retten. Sie werden vergehen, wie Schnee in der Sonne, verschwinden in ewige Dunkelheit.

11o11

Das Tor : **11 – 11**

Die Postleitzahl – 1 1 0 1 1 – steht in Deutschland für den **Reichstag** in Berlin.
Ist das ein Zufall ?   Eher nicht.
Schon der Name „Reichstag" hätte in einer wirklichen Demokratie nichts zu suchen. Ein wirkliches demokratisches Parlament hätte einen anderen Ort gesucht, auch niemals die Stadt „Berlin", die energetisch hochnegativ verschmutzt ist, die energetisch nie gereinigt wurde, als Hauptstadt einer „DEMOKATIE" gewählt. Es sei denn, die Damen und Herren „Parlamentarier" fühlen sich der Reichshauptstadt eines 1000 jährigen möchtegern Reiches in jeglicher Weise verpflichtet.
Wer fühlt sich in dieser hochnegativen, niedrigschwingenden Energie der Unterwelt wohl ? ?
(etwa die Töchter der „Mutter CHUBUR" ?)
Das Gebäude selbst stellt ebenfalls eine „8" dar (siehe : Draufsicht). Die „Acht" steht auch für unendlich und für unendliche Wiederholung.
Was soll denn hier, in Berlin, bitteschön, wiederholt werden ? Eine wirkliche echte DEMOKRATIE kann es jedenfalls nicht sein, dafür bedarf es überhaupt erst einmal einer DEMOKRATIE.

Die 11 o 11 ist ein hochnegatives, energetisches Tor. Es ist ein Einfallstor der Wesen der Unterwelt, in den Herrschaftsbereich des höchsten negativen Energie- Wesens, der „Mutter Chubur". Sowohl in der einen als auch in der anderen Richtung.
Dieser Ort „Berlin" wurde ja nicht zum ersten Mal gewählt. Schon aus diesem Grunde meiden harmo-

niebedürftige Menschen- Wesen solche verseuchten Orte und machen einen sehr, sehr großen Bogen um derartige tiefdunkle Energie- Ansammlungen.

Es ist insofern hochinteressant zu beobachten, wer sich an einem solchen „Hotspott" der höchsten negativen Schwingungen aufhält, ihn aufsucht.

Ab und zu schickt „Mutter Chubur" ihre Töchter-Klone an die Oberfläche, die „ dark angle ", die dann in Politik und Management negativ wirken und zerstörerisch manipulieren dürfen.

(gruselt es Ihnen da nicht auch !)

Es existieren weitere energetischen Tore, und hier sind besonders die Tore zu betrachten, welche sich finden lassen in den Primzahlen und deren Spiegelbilder. Sie sind allesamt immer noch aktiv, sehr aktiv. Nicht alle Tore müssen negativ sein.

31o13 / 71o17 / 73o37 / 11o11 / etc ....

Denken Sie, in diesem Systemen gibt es so etwas wie „Freiheit" oder starkes, aufrichtiges Streben zur „Harmonie", zur „Weltharmonie", zur Schwingungsreinigung, zur Planeten- Heilung, zur Zufriedenheit und inneren, geistigen Entwicklung ?

Haben Sie schon einmal ein solches positives Streben nach Weltausgeglichenheit in den Machtzentren dieser Welt vorgefunden in den letzten 10.000 (zehntausend) Jahren ?

Freiheit geistert nur in den Köpfen der Törichten, die allesamt ihre „Freiheit" längst verkauft haben, in den Strukturen der Macht, der Multi- Konzerne, der Banken, sonstiger Geldsysteme, in den eigenen Eitelkeiten, und besonders in den manipulierenden, kontrollierenden Religions- Konzernen. Allesamt immer und zu jeder Zeit „Killer- Systeme". Wer hier anhaftet ist rettungslos verloren.

Man betrachte nur die vielen Kriege, Morde und Mordbeauftragungen dieser Macht- Typen.

Die „11" ist aber auch in anderer Hinsicht eine hochinteressante Zahl.

Man betrachte nur den Würfel : 11 x 11 x 11
Dieser Würfel stellt im Weitesten das Raumzeichen des MARDUK dar.

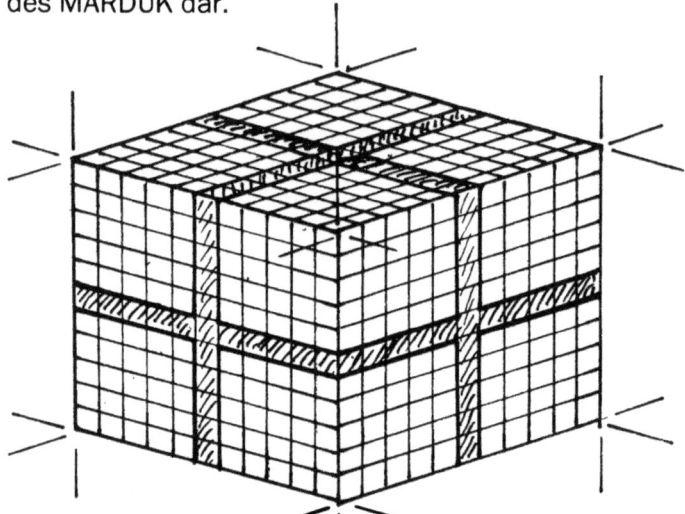

Erarbeitet man den Würfel intensiver, so ist zu betrachten, dass er aus 11x 11x 11 kleineren Würfeln besteht, gesamt 1331.

Die 13 – 31 kennen wir auch als Tor, gebildet aus zwei Primzahlen.

Durchgehend erkennen wir aber auch das Kreuz des MARDUK, immer an der sechsten Stelle. Diese Kreuze teilen den Würfel in acht kleinere Würfel von jeweils 5x 5x 5 Würfel. Gesamtanzahl 125 mit der Quersumme „8", oder auch unendlich.

Addieren wir die Inhalte der 8 Würfel, so erhalten wir die Summe : 1000.

Wir erkennen hier den Zusammenhang zum sogenannten „ 1000 jährigen Reich ". die Tausend ist eine mächtige Energie.

Betrachtet man den Würfel des MADUK weiter, so kommen wir in die Mitte des Würfels. Welche Zahl trägt der mittlere Würfel ? Er trägt die Zahl „ 666 ".

Der mittlere Würfel repräsentiert in der Oortschen Wolke, also in dem System, in dem wir uns befinden, den Platz „unseres Sonnensystems". Dieses Sonnensystem ist aber ebenfalls auch der Platz der „Götter". Hier, in der Mitte, im Würfel „666" hat der Killer- Gott MARDUK und seine Vasallen seinen Sitz.

Man sagt, dass die Zahl „666" die Zahl des Teufels sei. Dem ist so.

Aber die „666" ist nicht nur der Sitz der Götter um MARDUK, es ist auch der Sitz aller Wesen der Unterwelt.

Unter den unendlich vielen Namen des MARDUK lauten auch einige Teufel und Satan, und .... . Andere kennen wir als GOTT oder ALLAH, oder .... Je nach Religion unterschiedlich, aber immer ist es MARDUK.

Halten Sie sich fern von Religionen. Bedenken Sie immer : „Unendliche Weiten, nichts von heilig !"

MARDUK erschuf sich die Menschen- Marionetten zu seinem Vergnügen, zu seiner Anbetung. Doch es ist auch klar, dass die Menschen weiter von keinerlei Bedeutung sind. Er manipuliert Kriege und Katastrophen, spielt ein bisschen gelangweilt herum. Sendet er einen Felsbrocken von 100 km Durchmesser, dann ist die Show zuende.

MARDUK baut sich dann neue Marionetten, so er Lust dazu hat. Ein dummes Spiel eben.

88

Die „ 88 " ist von allerhöchster negativer Bedeutung und sehr machtvoller versklavender Stärke.

2 x der achte Buchstabe im Alphabet : – HH –.

Nicht nur Hansestadt Hamburg, „Tor zur Welt" !

(„88" wird auch in der rechten Szene benutzt für : Heil Hitler !)   Zufall ?   Eher nicht !

Die doppelte „ 88 " ist das intelligente Gefängnis-System in dem dieses „Sonnensystem" und besonders auch die Seelen gefangen gehalten werden. Den Nicht- Seelen ist das alles vollkommen egal.

Wir finden die doppelte „88" um ihre Längsachsen rotierend, in jeglicher Variante, im inneren der Oortschen Wolke. Das unüberwindliche System.

Weiterführend im Inneren dieser acht Kugeln, welche einen „Würfel" bilden, befindet sich unser Sonnensystem, in dem wir uns scheinbar aufhalten.

„Frieden" und „Freiheit" standen / stehen in diesem System des Allein- Herrschers MARDUK und der gruseligen, eigentlichen Herrscherin der Unterwelt, „Mutter Chubur", nicht, ja niemals, zur Debatte.

Wer in diesem Macht- System aufmuckt, auch hier in dieser kleinen, winzigen Welt, der wird umgehend entsorgt.   (siehe : tägliche Nachrichten !)

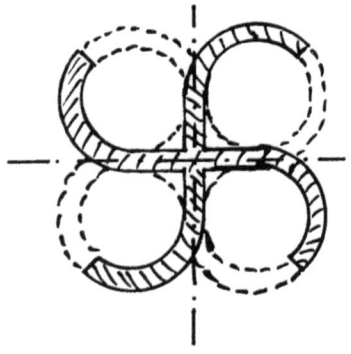

Ebenso lässt sich aus der „88" auch sehr leicht ein Hakenkreuz entwickeln, ja es steckt bereits in den vier Kreisen der hohen Negativität. Ebenso versteckt sich hier dass „SS"- Zeichen. Unüberwindbar wird diese Energie, sobald sie rotiert.

Ebenfalls zeigen sich Logos wie das Zeichen der OPEC, bestehend aus vier Kreisen. Interessant ist festzuhalten, dass dies hier eine Weltmacht ist, das „Schwarze Gold", die diese Welt fest im Griff hält.

Nichts in dieser Welt würde zur Zeit funktionieren, ohne das Erdöl. Das Erdöl fungiert als die vollständige Versklavung, zusammen mit dem Geld. Das Erdöl diktiert und zerstört gleichzeitig überall.

Wieso ist das so?

Wer ordnete dieses dreckige, schädliche, alles zerstörende Spiel an?

Auch die NATO zeigt ein starkes Logo. Es zeigt eine Windrose. In ihr stecken die vier Winde, die vier Himmelsrichtungen und der immerwährende, mörderische Anspruch auf die Weltherrschaft.

Es ist aber auch ein Zeichen des MARDUK, ebenso wie das gleichschenklige Kreuz, welches sich wiederfindet in der „88", wenn man mittig Strahlen setzt, sowohl senkrecht als auch waagerecht.

Das Zeichen des MARDUK bildet sich aus 2 x 2, somit aus 4 Quadraten oder Kugel / Kreisen.

Bildet man einen Raum, ein dreidimensionales Gebilde, so erhalten wir 2 x 2 x 2 = 8. geht man einen Schritt weiter, so entsteht 11x 11x 11 = 1331.

Acht Kugelgebilde umschließen das Sonnensystem in dem wir uns scheinbar befinden. Es handelt sich um innere Gebilde der Oortschen Wolke.

In all diesen Symbolen und Systemen stecken allerstärkste negative Energien der Manipulation.

Die Menschen- Wesen sind als äußerst wundersam zu bezeichnen, wenn sie der Meinung sind, etwas eigenständig bewirken zu können. Sie können soviel protestieren wie sie wollen, sie werden diese hochnegativen Energien, so wie sie sich jetzt verhalten, niemals überwinden können. Man muss auch feststellen, dass sie das System allerdings auch nicht überwinden wollen.

Wer hofft hier noch auf „Freiheit" und „Frieden"?

Es ist schwer, dies alles nachzuvollziehen, und doch läuft diese Welt / Illusion so ab, seit Jahrmillionen, -milliarden und weit, weit darüber hinaus.

die OORTSCHE WOLKE
(frei nach einer NASA- Grafik)
Wer entwickelte dieses System ? MARDUKs Vasallen ?

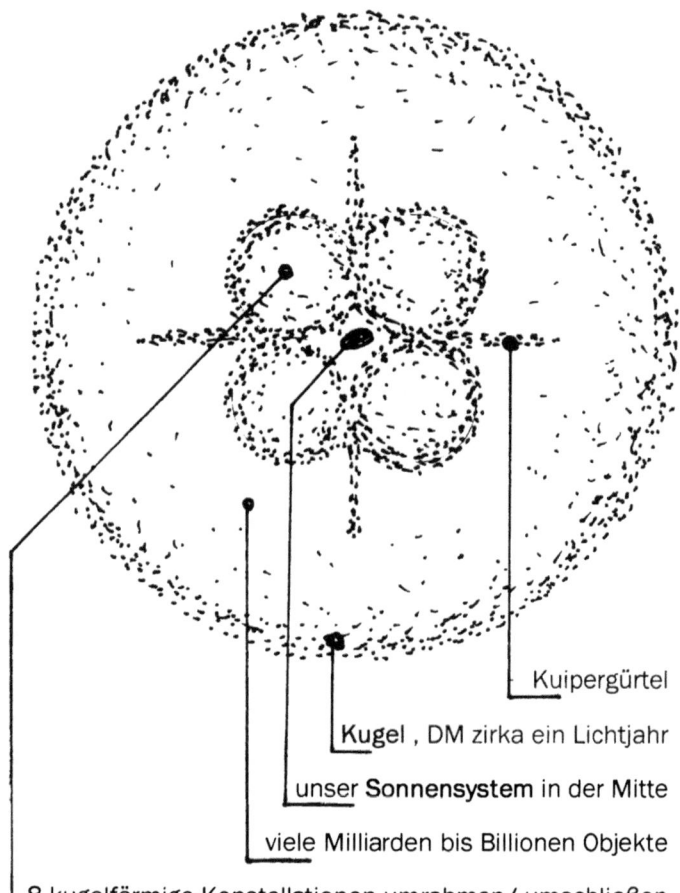

Kuipergürtel

Kugel , DM zirka ein Lichtjahr

unser **Sonnensystem** in der Mitte

viele Milliarden bis Billionen Objekte

8 kugelförmige Konstellationen umrahmen/ umschließen unser Sonnensystem, halten es permanent gefangen, und schirmen es energetisch gegen das „Universum" ab.

– IX –
„frei" und „Freiheit"
und der
„frei Wille"

Selbstverständlich gibt es keinen „freien Willen", weder hier in dieser Schein- Welt, noch in diesem Universum der Illusion, dieser negativen Anomalie.
Wie auch !

Woher soll man wissen, was das eigentlich sein soll, ein „freier Wille", wenn man noch nicht einmal weiß, wer man selbst ist, woher man kommt und wohin man einmal gehen wird. Bis jetzt hat es noch niemand erklären können, geschweige denn beweisen können. Oder ?

Hinzu kommt noch, dass man „Dasjenige" oder „Diejenigen" nicht kennt, die einen konditioniert haben, zumindest einmal die Hülle auf jeden Fall, und die somit alle Fäden in diesem extrem üblen Spiel in ihren Händen / ihren Energien halten.

Hat ein Hund einen „freien Willen" ? Möglich.
Nützt ihm das irgendetwas ? Eher nicht. Der Hund hat zu tun was immer man ihm sagt und er ist von seiner Energie so konditioniert, so programmiert, dass er der Rudelführung ausnahmslos gehorcht.
Es ist wie bei den Menschen- Wesen.

Gäbe es einen „freien Willen", also jetzt bei den Menschen- Wesen, wieso ziehen dann intelligente Leute in einen Krieg ? Jedes denkende Menschen- Wesen weiß ganz genau, dass es vollkommener Schwachsinn ist. Um dies herauszufinden bedarf es keines Abiturs. Es ist aber zu unterstreichen, dass die Menschen- Wesen mit Abitur ebenfalls in den

Krieg ziehen, mit besonders lautem Hurra und Heil und Heil und Hurra. Wie die Vollidioten.

Wieso folgen Leute in den Krieg, wohlgemerkt, Menschen- Wesen mit sogenanntem „freien Willen", obwohl sie doch wissen, dass es Unrecht ist. Wozu die langjährige, diskussionsreiche Ausbildung an einem „Humanistischem Gymnasium" ? Wozu dann alles in Latein, Griechisch und bibelfest, um dann auf einmal Morden zu gehen, also auf die unterste Stufe des Allerprimitivsten abzurutschen, in den allertiefsten Dreck hinein ? Das alles auf Befehl irgendeines soziopathischen Hohlkopfes / -köpfin ?

„Freier Wille" würde doch genau an dieser Stelle bedeuten, klar, laut und eindeutig „NEIN" zu sagen.

Oder steht die Mordlust über dem „freien Willen" !

Wieso folgen sie dem Rudel und sogenannten, meist auch geistig zurückgebliebenen, stets soziopathischen Führern / Führerinnen ?

Wieso fühlen sich einige Mörder wie befreit, wenn man sie einfängt und wieso sagen einige von ihnen, dass sie gar nicht morden wollten, und dass sie es selbst ja auch gar nicht waren ?

Wieso behaupten einige Mörder, dass irgendetwas in ihnen die Tat ausgeführt hat, gegen ihren Willen und gegen ihre Überzeugung, quasi hat eine fremde Energie ihren Körper übernommen, den „eigenen Willen" überlagert, ja, ausgeschaltet.

Wieso kann man das für möglich halten ?

Der „freie Wille" ist eine hinterhältige Falle, zumal man immer wieder feststellen muss, dass sehr viele Dinge ablaufen, die mit einem „freien Willen" nichts zu tun haben. Man bedenke nur die Millionen Abläufe die von Außen tagtäglich auf einen einströmen und denen man sich entgegenstellen muss, ob man will oder nicht.

Beispiel : Man hat alles richtig gemacht, hat gespart, hat sich ein kleines Haus gekauft, hat einen guten Job ergattert und muss sich nur noch um die Hausversicherungen kümmern. Danach, schon am nächsten Tag, wäre alle Absicherung perfekt. Das perfekte Leben kann nun durchstarten.

Doch, in der Nacht brennt das Haus ab.

Es wird Brandstiftung vermutet, hierbei deuten auch einige Anzeichen auf den Hausbesitzer selbst. Er kommt in Untersuchungshaft, soll angeklagt werden. In dieser Verkettung verliert er seinen Job. Wochen später kann er gehen, er wird vollständig entlastet. Doch sein Job ist weg. Sein Haus ist weg. Dreihunderttausend Euro Schulden bleiben ihm allerdings bestehen.

Schicksal?

Wer hat das Schicksal manipuliert?

Wer ist der Herrscher über das Schicksal, über die Schicksalstafeln? (wieder MARDUK natürlich!)

Wer ist der Herrscher über den „freien Willen"?

Es hat nur ein paar Minuten gebraucht um ein scheinbar perfektes Leben nachhaltig auszulöschen, zumal man in Deutschland keine „zweite Chance" erhält. Ist hier nicht vorgesehen.

Von einem „freien Willen" war da weit und breit nichts zu finden.

Erhält er seinen Job zurück? Nein!

Warum stand sein Arbeitgeber nicht zu ihm, der doch eigentlich wissen musste, dass er niemals sein gerade neues Haus abbrennen würde?

Wieso fiel der Verdacht einer vermutlichen Brandstiftung auf ihn, obwohl klar war, dass das Haus, zu dem Zeitpunkt, nicht einmal versichert war?

Hatten alle Beteiligten einen „freien Willen"?

Wenn sie einen „freien Willen" hatten, wieso entschieden sie sich dann alle derart falsch?

Das Mensch- Wesen wird in diese Welt hineingeboren, hinein in eine konditionierte Hülle. Hat die sogenannte Menschen- Energie, also dass was uns ausmachen soll, die Seele, die mit der Zeit Teil der Hülle wird, vorab den „freien Willen" sich für eine Hülle zu entscheiden, selbst und frei zu entscheiden?

Gibt es einen solchen nachweisbaren Fall, dass ein Menschen- Wesen, klar und deutlich darlegen konnte, dass es die Hülle in der es jetzt steckt, sorgfältig vorab selbst ausgewählt hat ?

Es sieht nicht gut aus mit dem „freien Willen".

Es sieht eher so aus, als würde es ihn nicht geben in diesem Anomalie- Universum, diesen sogenannten hochgejubelten „freien Willen".

Es ist auch klar zu belegen, dass es den „freien Willen" nicht geben kann, noch geben wird.

Würde es den „freien Willen" in dieser Illusion geben, dann wäre diese Schein- Welt, von der wir behaupten, sie würde existieren, vollkommen leer sein.

Denken sie wirklich, eine klare, unmanipulierte, ihrer Herkunft bewusste, selbstbestimmende Seele würde sich für diesen Aufenthalt, hier in diesem Müll- und Mordsumpf- Planeten entscheiden ?

NEIN !   Oder doch ?

Nun ja, Sie haben ja noch den Rest ihres Aufenthaltes in dieser „Welt" Zeit genug darüber nachzudenken.

Was wäre, wenn man einen „freien Willen" hätte ?

Würden sich alle Menschen- Wesen dann harmonisch gemeinsam entscheiden, diesen Planeten nicht zu zerstören, zu vermüllen, zu vergiften ?

Was ist dann mit dem Egoismus ? Jeder will einen SUV. Die anderen können ja mal verzichten. Oder ?

Was ist mit Intelligenz ? Eine Situation einschätzen zu können aufgrund vieler korrekter unmanipulierter Informationen, um dann die richtige Entscheidung zu treffen. Gemeinsam in voller Verantwortung, Abstimmung und jeder ohne Zwang, ausschließlich mit seinem „freien Willen".   Oder was meinen Sie ??

Ein Weiser würde sagen :

Unendliche Weiten, nichts von heilig, nichts von „Freiheit" und „freiem Willen"

– X –

„frei" und „Freiheit"
in der
„ Menschen- Hülle "

Gleich am Anfang sei gesagt, dass es nicht nur um die „Menschen- Hülle", also unseren materiellen Körper geht, die Hülle in die wir stecken um diese Illusion zu durchwandern, sondern es gilt auch für alle anderen Hüllen- Wesen, wie : Tiere / Pflanzen / Bäume / Steine / Planeten / Sonnen, etc..... .

Hülle und Freiheit. Geht das ? Nein !

Natürlich geht es hier, in erster Linie erst einmal um die „Menschen- Hülle", schließlich ist sie uns am nächsten, wir stecken in ihr, ob wir es wollen oder nicht.

Fühlen die Seelen- Menschen oder eben auch die Nicht- Seelen- Menschen sich überhaupt wohl in diesen, sie einengenden Hüllen ?

Nun kann man sagen, dass jedes sogenanntes Menschen- Wesen gar keine Wahl hat, es somit vertane Jugendzeit ist, darüber nachzudenken, darüber zu lamentieren. Doch dem ist eben nicht so, zumal die Konditionierung uns von Anfang an auf einen unkorrekten Weg schiebt.

Warum ?

Es ist nicht gewollt, dass die Menschen- Wesen einen Weg einschlagen, der sie in eine harmonische, höherschwingende Energie führt.

Diese Schritte könnten die Menschen- Wesen sehr gut auf den richtigen Weg bringen.

Wenn die Menschen- Wesen erkennen, dass sie die Illusion in der sie ab jetzt stecken zu entlarven haben und dass ihre Aufgabe nicht die vollkommene

Zerstörung dieses Weltengebildes ist, dann haben sie die Möglichkeit ihre anfängliche Konditionierung zu überwinden. Es könnten sich ganz neue Möglichkeiten ergeben. Man kann eine Pyramide auch mit der Gedankenkraft entstehen lassen. Man kann sie auch komplett erdenken.

Wie sagte schon der Christus : „Wenn diese Menschen- Wesen nur ein wenig erkennen würden, dann könnten sie zu einem Berg sagen – hebe dich hinfort – und der Berg würde verschwinden !"

Wenn man die Hülle selbst betrachtet, muss man feststellen, dass sie von allereinfachster Art ist. Sie ist mehrfach stark gebremster Standard. Dies hängt auch mit den vielen Experimenten der Schein- Götter zusammen.

(siehe :   Königsliste der Sumerer / Gilgamesch- Epos / Teile der Bibel / Enuma Elish / Popol Vuh und viele Informationen mehr ...)

Es ist immer wieder erstaunlich, wie ignorant die Menschen- Wesen sind, dass sie Offensichtliches, was sich direkt vor ihren abspielt, nicht erkennen, nicht erkennen wollen.

Auch hier ist interessant, dass der Bauplan, ablesbar in der DNS, in leicht veränderter Form, für fast alle sogenannten „Lebewesen" des Planeten gilt, aber eben auch darüber hinaus, betrachtet wird aber hier, an dieser Stelle, erst einmal diese Welt. Auch in der kreativen Auslegung der DNS haben sich die Schein- Götter keine Mühe gegeben. Sie haben genommen, was sie in den überwältigten Wassern schon immer vorfanden.

Irgendwo eine Variante mit Freiheit ?   Nein !

Das ganze System ist fantasielos, wie ein heutiges einfaches Computer- Spiel. Es ist auch an keiner Stelle ein wirklicher Sinn zu erkennen. Die eingebauten Menschen- Figuren beherrschen ein paar Fertigkeiten. Die Konditionierung der Menschen- Figuren ist inkonsequent, bis schwer dumm, dilettantisch. Warum dies so gewollt ist, erklärt sich aus der Anwendung nicht. man kann davon ausgehen, dass die sogenannten Schein- Götter zu kreativerem Wirken nicht in der Lage sind.

Aus welchem Grunde soll man einen Riesenhaufen Idioten erstellen, die sowohl sich gegenseitig vernichten, als eben auch den Planeten nebst aller sonstigen Wesen unterschiedlichster Art ?

Auch des Menschen- Wesen Hauptbeschäftigung ist permanentes Morden. Allein diese Dummheit trennt bereits von jeglicher Freiheit ab.

Die Aussage, dass die Menschen- Hüllen- Figuren ihrem oder ihren Schöpfern „gleich" sein sollen, bezieht sich wohl voll und ganz auf ihre Gesinnung, zumal die Schein- Götter dieser Anomalie (die wir als Universum bezeichnen), ebenfalls vergiftet wurden durch den Entstehungsskandal der Anomalie, das Mischen der Wasser APSU und TIAMAT.

Die in diesem Gift erwachsenen Schein- Götter geben ihre Gesinnung, ihren Hass, ihre Mordlust ebenso an die Menschen- Wesen- Füllung weiter, wie auch wir bereits seit einiger Zeit unsere Roboter mit unseren primitiven Ausscheidungen kranken Geistes weitergeben und einprogrammieren.

Was baute das Menschen- Wesen als erstes aus der Erkenntnis der Atomkraft ?

Natürlich eine „Atombombe" !

Was baute das Menschen- Wesen als erstes aus der Erkenntnis der Roboter- Generationen ?

Natürlich einen Militär- Kampf- Roboter !

Alles was je auf Erden durch die Menschen- Wesen erfunden und entwickelt wurde, diente stets zuerst dem Krieg, dem gegenseitigen Mord, dem Massenmord.

Woher kamen all diese Ideen ?

(Falsch ist zu glauben, es gäbe eine Evolution. Dies würde bedeuten, dass ein Affen in der Baum-

krone sitzt und aus dem Nichts heraus zu sich sagt :
„Alles langweilig hier, ich baue mal eine Stadt und
eine Straße und ein Auto und ein Flugzeug. Könnte
voll cool sein !"

An anderer Stelle schreiben die Menschen- Wesen
vor Jahrtausenden auf, dass sie in Kontakt waren
mit ihren Schöpfern, die ihnen alles beibrachten.
Warum sollte dies gelogen sein ?)

Die Ideen kamen aus den Misch- Wassern, sie wurden entzogen aus dem Missbrauch und der Gefangennahme des APSU und der TIAMAT. Diese Wasser
beinhalten alle Informationen die jemals gewesen
waren, jetzt sind, und jemals sein werden.

Hierin verschmelzen alle Zeiten, alles Wissen, alle
Erkenntnis, auch alles Schlechte der Unterwelt.

Alles gesammelte Negative öffnete sich in dieser
Anomalie, in der wir uns zur Zeit befinden. Dies alles
hätte niemals geschehen dürfen und es geschah.

Gut nur, dass es sich um eine Illusion handelt, um
eine Täuschung, ein Zerfallsprodukt.

Doch die Menschen- Wesen glauben immer noch,
dass es so etwas wie „Freiheit" gibt. Sie hätten aus
den vergangenen Jahrtausenden erkennen müssen,
dass dies ein Kinderglaube ist, ein Irrglaube besonders einfältiger Törichter.

Alle Menschen- Philosophen zählen zu den Törichten, zumal sie nicht erkennen, oder vollkommen
ignorieren, wo sie sich hier befinden.

Der Buddha beschreibt die Illusion detailliert.

(siehe : Lankavatara- Sutra)

Von „Freiheit" ist nie die Rede. Man muss hieraus
zur Kenntnis nehmen, dass der Buddha weder naiv
ist noch zu keiner Sekunde religiös. Er warnt vor den
Schwätzern.

Auch hier ist klar, vor Religionen wird immer deutlich gewarnt. Religionen stehen immer in Verbindung mit Mord, Macht, Totschlag, genau mit dem
Gegenteil dessen, was sie selbst predigen.

Die Menschen- Wesen nehmen auch niemals zur Kenntnis, dass sie ebenfalls missbraucht werden von einer höheren Instanz. Die Menschen- Wesen akzeptieren nicht, dass sie lediglich Spielzeug sind.

Sie hätten längst feststellen können, dass dem so ist, wenn sie einmal beginnen würden zu analysieren, was allein in den letzten zehntausend Jahren abgelaufen ist. Aus der Geschichte kann man auch lernen, wenn man dazu bereit ist.

Man kann dann auch Konsequenzen ziehen !

Die Menschen- Wesen geben an, ja pochen darauf, intelligent zu sein, aber sie hinterfragen nicht, woher diese Intelligenz stammt. Sie hinterfragen auch niemals, was eine Idee ist und wie diese Idee in ihre Köpfe kommt.

Sie haben die Möglichkeit, diese scheinbar alternativlose Situation in der sie als Menschen- Wesen stecken, zu ändern, aber sie bringen, bis einschließlich heute, in positiver Richtung, niemals eine Allianz zustande.

Wie kommt das ?

Sie werden überrollt von Milliarden Nicht- Seelen- Menschen, die als Puppen, als Marionetten, das Spiel der Schein- Götter spielen.

Diese durchgeknallten, perversen Schein- Götter spielen immer nur Extreme in unterschiedlichen Richtungen. Wie schon des öfteren bemerkt, spielen immer alle Menschen- Wesen mit. Gleichzeitig wird erklärt, dass ja alle Menschen- Wesen einen freien Willen haben. Sie selbst können entscheiden, ob sie in die eine oder andere Richtung gehen wollen. Wird das auch genutzt ? Nein !

Dies alles ist Humbug.

Wer konnte entscheiden, in welche Familie er hineingeboren wurde ?

Wer konnte entscheiden, welches Geschlecht er haben möchte ?

Wer konnte den Geburtsort wählen ?

Wer konnte das Geburtszeitalter wählen ?
Und so weiter und so weiter ....

Wieder einmal auf ganzer Linie nichts von sogenannter „Freiheit" oder gar Mitbestimmung.
Irgendwann beginnt der Albtraum und irgendwann
ist dieser Albtraum, den wir das „Leben" nennen auf
einmal abrupt zuende.
Was soll das „Leben" ?
Wo war der Sinn des „Lebens" zu finden ?

Dann auf einmal im sogenannten „Alter" sitzt man
in der Ecke und sagt zu sich selbst : „Was hätte ich
alles Vernünftiges und Richtiges machen können ?"

Ja was denn ? ?
Was hätte man anders machen können und wie ?

Man betrachtet sich im Spiegel und man erkennt
sich nicht mehr.
Hatte man sich jemals erkannt ?
Was ist das „FREIHEIT" ?
Brauchte man jemals die Freiheit ?
Wozu ??

Hätte man jemals etwas anderes machen können,
eingezwängt in dieser zerknitterten Hülle ?

– XI –

„frei" und „Freiheit"
und das
„ Wort "

WORT = ein Wort besitzt eine eigenständige
Bedeutung. Es setzt sich zusammen aus
unterschiedlichen Buchstaben
- eine allgemein akzeptierte Definition für
das Wort existiert nicht und gilt auch als
schwierig
- man kann für Wort auch den Begriff
„Zeichen" einsetzen, und schon befinden
wir uns im Bereich des Digitalen, in der
Reduktion auf „I" und „O".

Entstehung : Wörter gehören zu den ältesten, ab-
strahierenden symbolischen Formen der Menschheit und weit darüber hinaus.
– siehe hierzu unbedingt das ENUMA ELISH. Das
Enuma Elish stellt bereits in den ersten Sätzen fest,
das es alles schon immer gegeben hat und das es
auch immer alles geben wird. Es gibt weder das
Jetzt, noch die Vergangenheit, noch die Zukunft --

Unterstützen Wörter die Freiheit der sogenannten
Menschen- Wesen in dieser Welt ?   NEIN ! Denn
genau das Gegenteil ist der Fall !   Die Sprachen
dienen dem Freiheitsentzug in dieser Illusion.

In dieser Welt gibt es sehr viele unterschiedliche
Sprachen. Es sind ungefähr 6.500 (sechstausend-
fünfhundert) Sprachen. Hinzu kommen noch etliche
Hunderte oder Tausende Dialekte und kleinräumlich
bedingte sprachliche Eigenarten.

Doch wie unterschiedlich die Wörter der einzelnen Sprachen auch sein mögen, so tragen sie doch eine identische Bedeutung in sich.

Beispiel : Haus (Deutsch) gleich : House (Englisch / Dänisch / Schwedisch), Casa (Italienisch / Spanisch / Portogisisch), Huset (Norwegisch), Huis (Niederländisch), und so weiter, durch alle Sprachen dieser Welt hindurch. Wenn man das jeweilige Wort für Haus in den unterschiedlichsten Sprachen kennt, so wissen die Benutzer dieser Sprache, was man meint, wenn man in ihrer Sprache „Haus" sagt.

Allein dadurch allerdings reduzieren sich die Entfaltungsmöglichkeiten, die Wirkungskreise der Möglichkeiten, sich durch Sprache aus dem Materiellen heraus entwickeln zu können. Hinzu kommt, dass die unterschiedlichen Sprachen eine große Trennungsbarriere darstellen, zumal wenn man die unterschiedlichen Sprachen nicht beherrscht. Und wer beherrscht schon alle Sprachen ?

Das vorhandene Vokabular einer beliebigen Sprache stellt allerdings letztendlich keinen Nutzen für eine anzustrebende geistige Entwicklung dar, zumal genau diese Entwicklung auch nicht gewollt ist.

Sprache reduziert die fiktive „Freiheit" jedes einzelnen Menschen- Wesen auf die vorhandene Anzahl der Wörter einer Sprache. Der Wortschatz einer Sprache wird zusammengefasst in Nachschlagewerken, in Wörterbüchern. Das Wörterbuch einer jeweiligen Sprache gibt Sprachinformationen, es gibt Erklärungen zum jeweiligen Wort. ›

Was steht in der Enzyklopädie unter „Wort" :
.... seit der Antike gilt das Wort als zentrale Grundeinheit von Sprache und Sprachbeschreibung. ....

Ab welchem Zeitraum sprechen die Menschen-Wesen überhaupt das, was man eine Sprache nennen kann ? Die Vorgängermodelle (Hüllen) des Homo sapiens konnten gar nicht sprechen. Ihnen fehlte der notwendige Sprechapparat, um Wörter überhaupt artikulieren zu können. Dies wurde Modellbereinigt und so wurden Hardware und Software aufgepeppt (wie bei jedem neuen Automodell, so auch beim „Menschen- Modell"). Unsere „Schöpfer" (Ingenieure) sind da nicht anders.

Wie beschreibt die Bibel so schön :

Und Gott der HERR machet den Menschen aus den Erdenklos, und er blies ihm den lebendigen Odem in seine Nasen. Und also ward der Mensch eine lebendige Seele.

Die implantierte jeweilige Sprache, hat für die Manipulatoren, die „Götter", sehr viele Vorteile, zumal die Menschen- Wesen sich so viel leichter steuern lassen. Sprache regelt auch die sich im Wirkungskreis einpendelnde Schwingungsenergien. Sprache ist somit reglementierende Macht und keinesfalls „Freiheit".
Alle Wortschöpfungen, alles notwendige Vokabular, für die geistige Erkenntnis und Entwicklung, existieren nicht in den Sprachen dieser Welt. Zumindest ist es nicht für die Menschen- Wesen freigegeben.
Wörter tragen in sich starke Energien und damit verbunden Auswirkungen auf die Abläufe innerhalb eines Systems.

Kurzer Ausflug in die Bibel und hier in die Genesis in das 1. Buch Mose / Kapitel 2
aus der Luther- Bibel von 1545.

.. Und Gott der HERR sprach : „Es ist nicht gut dass der Mensch allein sei. Ich will ihm ein Gehilfen machen, die um ihn sei." Denn als Gott der HERR gemacht hatte von der Erden allerlei Tier auf dem

Felde, und allerlei Vögel unter dem Himmel, brachte er sie zu dem Menschen, dass er sehe, wie er sie nennet. Denn der Mensch gab einem jeglichen Vieh, und Vogel unter dem Himmel, und Tier auf dem Felde, seinen Namen.

Erst durch die Namensgebung erhielten die unterschiedlichen Wesen ihre Energien und ihre Merkmale. Nur so waren sie einzustufen in einen Code und in einen Energiestrom.

Welche Bedeutung hat das Wort in der Religion ?

Das Wort Gottes

Der Glaube an die Bedeutung des „Wort Gottes" wurzelt in urtümlichen Vorstellungen von der Krafthaltigkeit des Wortes überhaupt.

(siehe hierzu auch die Seite 134 (in diesem Buch)
Evangelium des Johannes :
„Im Anfang war das Wort, ...")

Geht man davon aus, dass ein Gott, wer auch immer, das sei hier nicht differenziert, einen festgeschriebenen Codex an Möglichkeiten für die Menschen- Wesen bestimmte, somit einen festgelegten Wortumfang, dann legt dieser Wortstamm die Möglichkeiten, somit den Spielraum der Menschen-Wesen fest, sowohl in ihrem Denkumfang, als auch in ihrer Sichtweise auf die jeweiligen Dinge.
Wo soll sich da etwas von „Freiheit" verstecken ?

Da ist weit und breit nichts von „Freiheit". Ganz im Gegenteil, es sind die puren Einschränkungen. Die Anzahl der Wörter einer beliebigen Sprache legt jeglichen Spielraum, auch im Denken, fest. Die Menschen- Wesen können nur im Rahmen ihrer programmierten Software agieren. Rundum : Mauern !

Hinzu kommt dann noch die Konditionierung eines jeden Menschen- Wesen, durch seine Hülle und seine Umgebung. Jedes Menschen- Wesen wird in einen festverschnürten, sogenannten Sozialbereich, hineingestellt, in ein jeweiliges Volk und in ein Land mit der Geschichte seiner Gruppe und somit mit Fesselungen der unterschiedlichsten Art, resultierend aus genau diesen Energien. Hieraus ergeben sich weitere Konditionierungen. Je mehr er anhaftet an diese Illusionen, desto schwieriger wird es werden, genau dies alles wieder abzuwerfen, ja erst einmal zu erkennen. Die Menschen- Wesen sind keine sozialen, schon gar nicht Harmonie anstrebende, Wesen. Sie gehorchen, mehr oder weniger, festgeschriebenen Gesetzen, also Worthülsen mit entsprechender Energie. Siehe Geschichtsschreibung. Somit, wieder nichts von Harmonie und Friedfertigkeit.

Ebenso nichts von „Freiheit".

SYNONYME

Betrachtet man die vielen Synonyme zu „WORT", dann steht dort :

Ausdruck, Begriff, Benennung, Bezeichnung, Formel, Name, Vokabel, Expression, Term
 – Formel = Vorschrift
 – Expression = Ausdruck
 – Term = Terminus = Fachwort,

aber auch :

Äußerung, Ausspruch, Bonmot (geistreicher Ausspruch, Apercu), geflügeltes Wort, Lebensweisheit, Satz, Spruch, Wendung, Zitat, Aphorismus, Apophthegma, Diktum (Ausspruch), Sentenz

aber auch :

Beteuerung, Ehrenwort, Eid, Erklärung (feierlich) Garantie, Schwur, Versicherung, Versprechen, Zusage, Zusicherung, Gelöbnis, Gelübde aber auch :

beim Wort nehmen (binden), eine Bindung, eine Verpflichtung eingehen.

aber auch :

<u>Wortbildung</u> : Wortschöpfung, Komposition,
　　　　　　　　　Neuschöpfung, Neubildung,

Wörter werden gebildet, sie werden komponiert, sie werden aus der „Cloud" heraus geschöpft, entnommen für diese Illusion. Sie sind vorhanden, waren immer vorhanden und werden immer vorhanden sein. Nur für diese Welt, dieses Gefängnis, werden sie eingeschränkt, ausgewählt.

aber auch :

<u>Wortschatz</u> : Sprachschatz, Vokabular,
　　　　　　　　Wortvorrat

Der Wortvorrat wird pro Sprache eingeteilt. Benutzt jemand ein Fremdwort, dann muss dieses erklärbar werden. Es muss erklärt werden mit dem winzigen Wortschatz der eigenen Sprache. Schon hat man eine Hürde zu überwinden, die kaum zu überwinden ist. Es gibt Eigenarten innerhalb der unterschiedlichsten Sprachen, die nicht übersetzbar sind.

Alle Synonyme um das „WORT" herum haben eine enorme Kraft, Bedeutung und Aussage auf den Wirkungskreis jedes einzelnen Menschen- Wesens.

Eigentlich macht man sich keine Gedanken über die Sprache mit der man aufgewachsen ist. Man spricht und unterhält sich und man hört, wenn andere Menschen- Wesen sprechen. Man macht sich Gedanken in jeglicher Richtung des Alltagslebens.

Doch dann liest man die vielen Synonyme um das Wort „WORT" herum und man erinnert sich an die Aussage in der Bibel und denkt an die beiden Wasser, denkt an APSU und TIAMAT und vergegenwärtigt sich der BIBEL, erinnert sich wieder an ADAM und EVA, und beginnt Verbindungen aufzubauen. Sind Adam und Eva die Wasser ABSU und TIAMAT. Dann hören wir von den beiden Energien Kain und Abel.

Sind sie zu vergleichen mit Abel als Seele und Kain als Nichtseele ? JA !

Man hört das Wort „Cloud". Es ist ein Bestandteil in der Computerwelt, ist Bestandteil des weltweiten Internet. – Eine Wolke besteht aus Wasser ! –
Cloud bedeutet übersetzt : Wolke.
Es bedeutet aber auch Schwarm und auch Haufen. Wenn man noch weiter einsteigt, dann werden die vielen Möglichkeiten um das Wort „Cloud" auf einmal lebendig, teilweise sogar gespenstisch.
„Cloud" hat eine sehr, sehr starke Energie und einen sehr weiten Wirkungsradius, hinein in jegliche Verknüpfung der unterschiedlichsten Energien. Es ist von „Freiheit" niemals die Rede !

Egal was man redet, man erzeugt permanent eine Energie, entweder positiv oder negativ, also unbedingt immer aufpassen, was man denkt und war man redet.

Beispiel :
„Blaa – blaa –. Das finde ich voll wahnsinnig !"
Oder : „ ..... Die Sache ist ja irre !"

wahnsinnig = geisteskrank / blödsinnig / blöde / geistesgestört / verrückt / dämonisch
(dort ist nichts Positives !)
irre = hirnverbrannt / verrückt / geistesgestört
(auch wieder nichts Positives !)

Dies sind die allerhöchsten negativen Energien und gleichzeitig die niedrigsten Schwingungen. Nur ein unüberlegtes Menschen- Wesen (egal welchen Geschlechtes) würde derartiges Vokabular benutzen, ohne auch nur einmal über die Auswirkungen nachzudenken.

Die Wege zur Erkenntnis benötigen zwingend eine höhere Schwingung, eine sehr viel höhere Schwingung. Sollte eigentliche jeder wissen !

Ein Großteil der Unfreiheit der Menschen- Wesen liegt in ihren Sprachen, im jeweiligen Vokabular. Die Wörter und der in ihnen liegende Code verhindern eine Entwicklung und ein Aufsteigen zur Harmonie und damit verbunden den Planeten als Wesen zu erkennen. Erst wenn er die Falschheit der Sprache überwindet, dann beginnt er zu erkennen, dass er in dieser Welt eine Verantwortung trägt, besonders für alle Lebewesen dieser Welt.

Das heutige, minimale Vokabular lässt ihn diese Verantwortung nicht verstehen, zumal die ganzen Schwingungen viel zu niedrig sind, hinzu kommen die verankerten Manipulationen um die notwendigen Gehirn- Sektionen, also unserer Hardware, zu aktivieren, ja, freizuschalten.

Noch ein letzter Griff in die Bibel : Genesis

Gott sprach : „...... und macht euch die Erden Untertan !"

<u>Untertan</u> : was ist ein Untertan ?

Erst einmal, da steht nicht – zerstört den ganzen Planeten und mordet alles – sondern, es heißt : „Macht euch die Erden Untertan !"

Der Untertan ist ein „Staatsbürger", ein Gleichberechtigter, somit kein Sklave. Ebenso verhält es sich mit allen anderen Lebewesen des Planeten. Untertan bedeutet auch unterstellt. Das bedeutet klar und deutlich, dass Gott den Menschen- Wesen die Verantwortung für die Harmonie des Planeten und all seiner Lebewesen übertrug. Die verantwortlichen Menschen- Wesen sind für das Wohlbefinden und die Harmonie aller Lebewesen, einschließlich des

Planeten- Wesens, verantwortlich. Sie tragen die volle <u>Verantwortung</u> für alle Untertanen.

Tragen Politiker Verantwortung ? NEIN ! Wer Verantwortung trägt, der haftet auch für seine Taten !

Erst aus der Harmonie erwächst dann langsam eine Art „Freiheit". Die Schwingung des Planeten- Wesens und aller Lebewesen erhöht sich. Erst dadurch kann man die negativen Energien eindämmen und letztlich komplett transformieren.

Erst hieraus können sich neue Sichtweisen und neue hochschwingende Wörter entwickeln und man kann erst dann einsteigen in neue Erkenntnisbereiche, Erkenntnisebenen, die ansonsten für immer verschlossen bleiben, sich somit nicht öffnen.

„FREIHEIT" bedarf somit einer vollkommen neuen Definition, resultierend aus Verantwortung.

Je weiter die Schwingungshöhe in dieser Welt absinkt, bedingt durch das törichte Verhalten der Menschen- Wesen untereinander, hier ist zu bemerken in ihrem kommunikativen Verhalten, erhöhte Aggressionen, Beleidigungen im Internet, natürlich immer verdeckt, wie Feiglinge eben, wird der Abstand zur notwendigen Harmonie immer größer und auch unüberwindbarer.

Dies alles zieht weite Kreise, hinein in alle anderen Bereiche des Zusammenlebens.

Es ist festzuhalten, dass kein Menschen- Wesen jemals verzichten will oder wird, in keiner Richtung.

Beispiel :
Um der Klimakatastrophe zu begegnen müssten alle Menschen- Wesen auf den Individualverkehr verzichten. Alle müssten noch in dieser Sekunde auf ihre privaten Fahrzeuge, jeglicher Art, verzichten.

Macht da auch nur ein Menschen- Wesen dieses Planeten mit ? Nein ! Niemals !

Irrational : „Das geht ja gar nicht. Also ich brauche mein Auto immer, mein Handy und, und, und . Und überhaupt ? Und alle anderen ? Und Amerika ? Und China ? Die können doch zuerst beginnen !"

Rational : „Das ging schon immer. Man muss nur intelligente „Autarke Städte" bauen, ohne Individualverkehr. Die Umwelt gesundet, alle Lebewesen gesunden. Hunderte Folgeerkrankungen der jetzigen Zerstörungswut verschwinden. Der Stress baut sich ab, neue Wirkungskreise für die Menschen- Wesen entstehen. Neue Gedanken finden ihren Weg in diese Welt. Schon in ein, zwei oder drei Generationen wird man sich darüber wundern, wie dumm sich die vor-hergehenden Generationen irrational verhalten hatten. Wie destruktiv sie waren. Wie unüberlegt. Wie unbedacht. Wie egoistisch.

Es geht alles, man muss nur beginnen gemeinsam auf Zerstörung zu verzichten und auch mal wieder das Gehirn aktivieren. Lasst Taten erkennen.

Noch haben wir die „Freiheit" unsere Gehirne benutzen zu dürfen. Verpasst die letzte Chance nicht !

Die Menschen- Wesen haben sich festgefahren, sie verklammern und verfilzen sich in dem eingeschlagenen, falschen Weg. Sie haben Angst davor, einfach einmal stehen zu bleiben und sich alle gemeinsam zu fragen, ob sie den ganzen Mist der Politiker, Manager und Religionen, überhaupt noch wollen.

Man könnte doch einmal eine intelligente „Autarke Stadt" bauen, so wie der Autor dieses Buches sie entwarf, entwickelte, um dann auf einmal zu erkennen, dass dies ein wirklich gangbarer, neuer Weg ist. Am Geld liegt es nicht. Geld ist unendlich vorhanden – siehe Kriege, Waffenproduktion, etc... –.

Es könnte ein erster Schritt in eine andere, eine unbekannte „Freiheit" sein.

WORTLAUT / GESETZE / GEBOTE

2. Buch Moses (Exodus)

„Ehre deinen Vater und deine Mutter !"

Wer sind im eigentlichem Sinne : Vater und Mutter ? Auf den Ursprung gebracht sind es ausschließlich APSU und TIAMAT, die Wasser. Allerdings nur in ihrer reinen, ursprünglichen Form. Wir befinden uns aber in der Anomalie, im Mischwasser. Wir befinden uns in der brutalsten Diktatur der Perversion des Allein-herrschers MARDUK. Die Diktatur und die Brutalität der Schein- Götter spiegelt sich in dieser Welt wider. Darum gibt es keine „Freiheit". Letztlich können die Nicht- Seelen- Menschen dem nicht entkommen und sie werden untergehen mit dieser Anomalie, verschwinden im Nichts (siehe S. 134).

Vater und Mutter bedeuten eigentlich für ihre „Kin-der" : Schutz, Förderer der geistigen Entwicklung und Erkenntnis, und letztendlich einer Variante von **Freiheit**, resultierend aus Angstlosigkeit und perma-nenter Schwingungserhöhung ?
Dies alles ist aber hier in dieser „Welt" eine Fehl-anzeige, da in dieser Anomalie nicht möglich.

PLATZ FÜR EIGENE ERFAHRUNGEN / IDEEN